讀名著・學語文

水滸傳

新雅文化事業有限公司
www.sunya.com.hk

讀名著・學語文

水滸傳

原　　著：施耐庵
撮　　寫：秦文君
封面繪圖：小雲
內文插圖：陳焯嘉
責任編輯：吳金
美術設計：金暉
出　　版：新雅文化事業有限公司
　　　　　香港英皇道 499 號北角工業大廈 18 樓
　　　　　電話：(852) 2138 7998
　　　　　傳真：(852) 2597 4003
　　　　　網址：http://www.sunya.com.hk
　　　　　電郵：marketing@sunya.com.hk
發　　行：香港聯合書刊物流有限公司
　　　　　香港荃灣德士古道 220-248 號荃灣工業中心 16 樓
　　　　　電話：(852) 2150 2100
　　　　　傳真：(852) 2407 3062
　　　　　電郵：info@suplogistics.com.hk
印　　刷：中華商務彩色印刷有限公司
　　　　　香港新界大埔汀麗路 36 號
版　　次：二〇一一年一月初版
　　　　　二〇二三年九月第五次印刷

ISBN: 978-962-08-5284-8
© 2011 Sun Ya Publications (HK) Ltd.
18/F, North Point Industrial Building, 499 King's Road, Hong Kong
Published in Hong Kong SAR, China
Printed in China

瑰麗的名著

葛翠琳

　　文學名著，具有永久的魅力。一代又一代的讀者，曾從中吸取智慧和勇氣。

　　面對未來競爭性很強的社會，少年兒童需要作好準備，素質的培養、性格的塑造、心理承受力的加強、思維方式的形成、智力的開發，以及鍛煉堅強的意志，都是重要的課題。家庭教育的單調、學校教育的局限、社會教育的不足，使孩子們對許多新問題感到困惑。而文學名著向小讀者展現豐富的世界，通過書中具體的形象、曲折的情節，讓讀者學會觀察人，以及人與人的關係，了解錯綜複雜的社會矛盾。可以說，文學名著是人生的教科書，它像顯微鏡一樣，照出人的內心世界和感覺。通過書中人物的命運，了解社會，體會人生，不知不覺地得到啟迪心靈的鑰匙。而名著中文學的美，語言的美，更是滋潤心田的清泉，讓這些瑰麗的名著陪伴着你成長。

導讀

《水滸傳》這部小説為什麼經過了幾百年後仍然受到人們的喜愛？有下面兩個原因。

第一，它反映了一種民本思想，人民才是國家的真正主人。壓迫越甚，反抗越大，這種思想得到很多人的共鳴，「逼上梁山」已成為我們常用的成語。

第二，它塑造了許多人物，他們經歷的事跡都很不平凡，如武松打虎、魯智深投奔五台山、林沖風雪山神廟等等，情節生動，人物個性突出，給人很深的印象。

《水滸傳》有很多版本，我們選的是七十回的版本，故事到一百零八條好漢聚義一堂為止。據考證，這七十回是施耐庵的原作，後來有人寫成續傳，長至一百二十回，又名《蕩寇志》，續傳寫後來宋朝皇帝把這些好漢們招降的招降，殺的殺，不但寫作技巧遠不如前書，而且它的思想性也不為讀者所認同。

因為原書在數百年前寫成，它採用的語言受到時間和空間的限制。這次撮寫時我們把那些難懂與過時的字詞精略，但盡量保持原著的精華，使讀者對古典小説與作者風格有一定的認識。

人物介紹

宋江是宋朝的真實人物，他是渾城人，徽宗時率領羣眾聚義梁山泊，小說就以宋江為中心加以發展。宋江原是一個小官吏，好結交天下豪傑，凡來投靠求助的，無不全力支持，因此有「及時雨」的別號，後來成為梁山泊的首領。

八十萬禁軍教頭林沖，綽號「豹子頭」，有一身好武功。原本對朝廷忠心耿耿，誰知道飛來橫禍，妻子的美貌引起權貴垂涎，以致林沖一次又一次的陷入陰謀裏，幾乎死無葬身之地。

魯智深原名叫魯達，本是一位武官，為了幫助被大財主欺壓的弱女子，盛怒之下把壞人殺了，逼得出家為僧，改名魯智深。他一方面嫉惡如仇，一方面肯為朋友捨命。但他最後還是被逼落草為寇。

武松是一位性情剛直、體力過人的大漢。他好打不平，鋤強扶弱，在景陽岡上赤手打死猛虎，因而遠近聞名。他武藝高強，但無法保護自己和兄長，苦難重重，最後被逼上梁山。

李逵酒性不好，綽號叫「黑旋風」。他為人急躁、直率、魯莽，卻是一個嫉惡如仇、忠於梁山兄弟的好漢。

吳用綽號「智多星」，是梁山泊的軍師。他用妙計巧奪太師的壽禮，顯示出他擅於掌握人的心理，憑着智慧奠定了他在梁山泊的地位。

目錄

壹

高俅恃勢欺王進
魯達拳打鎮關西

　　北宋末年，東京開封有個姓高的破落戶子弟，從小就是個無賴，不學無術，只是踢毬的技術出眾，所以人們就叫他高毬。後來他做了官，改名為高俅。

　　高俅經熟人推薦，到都太尉王駙馬府中當個小聽差，因他擅於奉承，很快就當了駙馬的親信。

　　一天，高俅奉駙馬之命送玉器到端王府，進到院中，只見端王正和幾個小太監踢毬。忽然，一毬過來，滾到高俅腳邊，高俅一個鴛鴦拐，把毬踢還端王。端王大喜，便讓高俅下場與他一塊踢毬。這高俅使出渾身解數，端王只是叫好，乾脆就把高俅收為親信，每日寸步不離。

　　兩個月後，哲宗皇帝駕崩，端王做了皇帝，成了徽宗皇

帝。自那時起，高俅便步步高升，不到半年，當了殿帥府太尉。

　　高俅小人得志，大展威風，上任當日要全府上下都來參拜。當時八十萬禁軍教頭王進患病在家未來報到，高俅不由怒火中燒，要定王進抗拒官府的罪名。

　　王進認出這新太尉是高俅，就知道形勢不妙。因為當年高俅學棍棒時，曾被王進的父親王升一棒打傷，三四個月都下不了牀。如今高俅小人得志，一定會公報私仇的。

　　王進的父親已去世，家中只有母親。他們母子二人商量後，決定走為上策。於是母子二人連夜收拾行裝，去投奔延安老種經略府＊。

　　高俅知道後勃然大怒，下令緝捕王進。

　　王進母子走了一個多月，路經華陰縣。途中，王母心痛病發作，幸好有史家村的史太公收留，王母的病才漸漸好了。王進從心底感激史太公，就將自己高超的十八般武藝，一件一件地教給太公的兒子史進。半年之後，史進武藝猛進，王進才向史太公一家辭別，重新上路。

　　王進走後不到半年，史太公死了，史進閒在家中。一天，他聽說離史家村不遠的少華山有三個強盜，聚集了幾百人打家劫舍。官府懸賞三千貫捉拿強盜，史進便召集家丁，

＊老種經略府：老種是指北宋名將種諤。經略即經略使，是邊防軍事長官。

高俅恃勢欺王進　魯達拳打鎮關西

準備武器，提防這批強盜。

　　不久，少華山的賊寇頭領陳達果然領賊前來，要從史家村前往華陰縣搶糧。史進迎戰，只幾個回合便擒下陳達。他們正要論功行賞，忽然，另外兩個強盜朱武、楊春尋上門來，一起跪在史進面前，說他們三人是不得已才做強盜，三個人不求同生，但求同死。

　　史進看他們如此義氣，就把三人一起放了。三個強盜回山後，念念不忘史進的活命之恩，就派人送了三十兩黃金給史進，史進也還了禮，大家漸漸成了朋友。

　　中秋節前夕，史進想約朱武三人中秋節來莊上賞月，便派王四送信上少華山。朱武大喜，寫了回信讓王四帶回，還送了王四五兩銀子，想不到王四貪飲酒，下山時喝個爛醉，倒在樹叢中，被獵戶李吉遇上。

　　李吉識幾個字，見到王四袋中的回信，下款寫着朱武等人的名字，就直奔華陰縣府告密。

　　王四醒來後怕史進怪他，只對史進說不曾有回信。

　　中秋夜，史進與朱武等人正在莊上飲酒談天，忽然牆外火把通明，喧聲四起，原來是華陰縣尉帶着三四百員兵卒圍住了莊院。

　　史進大驚，爬上梯子向莊院外的人問話，這才知道事情的來龍去脈。他假裝要自首，暗中卻喝令家丁收拾細軟*，

＊細軟：指珠寶綢帛等輕便而易於攜帶的貴重物品。

燃起三十多個火把,先把莊後草屋點着。官兵見莊裏面起火,都奔到後面看,史進又在中堂放火,隨即大開莊門,邊殺邊走,直上少華山。

朱武令手下人殺牛宰馬款待史進,大家苦苦請求史進留在那裏做寨主,史進卻不肯,只住了幾天便收拾些散碎銀兩,下山往延安府尋找恩師王進去了。

史進走了半個多月,來到渭州,見路口有個小茶坊,就進去喝茶,順便問茶博士:「這兒的經略府內可有個叫王進的?」

説話間,有個人走進茶坊,只見此人裹着頭巾,滿腮鬍鬚,生得面圓耳大,身材也十分健碩。茶博士告訴史進,來人是當地經略府的提轄*魯達。

史進起身行禮,兩人互道姓名,一見如故。魯達道:「你師父王進不在此地,聽説他在延安老種經略府內。」説罷,便邀史進一起去喝酒。

他們走出茶坊沒多遠,便看見一個人在街上使槍弄棒賣藥,竟是史進的啟蒙師父李忠,他們便拉着李忠一同去潘家樓酒店。

三人正在酒樓喝酒,忽然隔壁傳來女子的抽泣聲。魯達問酒保什麼人在啼哭,酒保説:「隔壁是個賣唱女,心裏苦

*提轄:職位最低的武官,在縣內主責治案,督捕盜賊。

高俅恃勢欺王進 魯達拳打鎮關西

惱，這才哭個不停。」

魯達吩咐酒保把那女子叫來。一會，那賣唱女和她父親一起來了，賣唱女約十八九歲的樣子，她擦着淚行了個禮。魯達問她為什麼啼哭，她便說起了自己的遭過。

女子名叫金翠蓮，是東京人，跟隨父母從東京到渭州投奔親戚，不料親戚搬遷到南京。母親一着急，病死在客店。這時有個叫「鎮關西」的財主，見了翠蓮便要娶她為妾，寫好一張三千貫錢的賣身文書，卻連一文錢也沒給，就這樣把翠蓮強娶到家中。鎮關西的老婆十分兇惡，不出三月就把翠蓮逐出家門。但這鎮關西更可惡，他竟向父女倆索取原來答應給翠蓮的三千貫賣身錢，父女倆當時沒得過錢，如今哪有錢還？只好四處賣唱，將每日賺的錢一大半交給他，又無處申訴，想起就忍不住痛哭。

魯達聽後，問金家老伯：「你們住在哪裏？那『鎮關西』又住在哪兒？」老伯說：「我們父女住在東門裏魯家客店；那『鎮關西』只是個外號，此人姓鄭，就是狀元橋下賣肉的鄭屠。」

魯達罵道：「呸！這個可惡壞蛋，竟如此欺負人！」

他掏出身上的五兩銀子，又向史進借一錠十兩的銀子，全給了金老伯，並吩咐道：「這給你們作回東京的盤纏，快回店收拾行李去罷，明早我送你們上路！」

金家父女拜謝過恩人回店去了，魯達三人又喝了一會兒

酒才各自分手。

次日*清早，魯達匆匆趕到魯家客店，見父女倆已收拾妥當，便催促道：「還等什麼？」

那父女剛要出門，受鄭屠囑咐監管金家父女的店小二過來阻攔，魯達大怒，朝那小二臉上打了兩掌，直打得他跌落兩隻門牙，一聲不敢再吭。

金家父女走後，魯達惟恐店小二會再追他們，乾脆拿條板凳在店門口坐了兩個時辰，估計萬無一失了，才去狀元橋。

此時，鄭屠正在肉舖裏，見魯達來，慌忙迎出來招呼。魯達說：「奉經略相公之命，要鄭屠切十斤精肉米。」鄭屠忙去肉桌揀了十斤精肉，細細切起來。

再說那客店的店小二，待魯達一走就來狀元橋通風報信，可他見到魯達穩坐舖中，只得遠遠站着不敢走近。

鄭屠整整切了半個時辰，小心用荷葉把精肉米包起來，說：「提轄，讓伙計們送到府上吧。」魯達端坐着，說：「送什麼！我要你再親自切十斤肥肉米。」鄭屠無法，只得又選了十斤肥肉切起來，弄了一上午，才把兩包肉米切完，不料，魯達又吩咐他選十斤軟骨*切成肉米。

鄭屠悻悻地說：「提轄是否存心戲弄我？」魯達說：「正是！」說罷跳起身，把兩包肉米劈臉朝鄭屠打去，那情景，

*次日：即第二天。
*軟骨：軟骨是身體內一種富彈性的結締組織，是透明的灰白色骨。

就像下了一場「肉雨」，弄得鄭屠頭上臉上全是肉米。鄭屠怒火攻心，操起一把剔骨尖刀向魯達撲去，魯達笑笑，他早就站在那裏等鄭屠了。

鄭屠右手拿刀，左手便來揪魯達。魯達趁勢按住鄭屠左手，往他小腹上踢了一腳，鄭屠倒地後魯達搶前一步，踩住其胸脯，斥道：「你狗一般的賣肉人竟強騙金翠蓮！」並提起大大的拳頭，只一拳，就打得鄭屠鼻子歪在半邊，鮮血迸流。鄭屠掙不起來，卻仍嘴硬，叫道：「打得好！」魯達第二拳打下，直打得鄭屠眼角裂開，眼珠突出。鄭屠受不了，只得求饒。

魯達喝道：「你若硬到底，我倒饒了你；你討饒，我偏不饒你！」

第三拳打下去，正中太陽穴，鄭屠只有氣出，沒有氣入，面色也變了。魯達沒想到三拳就打死了鄭屠，暗想，打死人要吃官司*，不如快走。於是拔腿就走，一邊罵道：「你還裝死，我以後再和你算賬！」

魯達回到住處捲了些衣物盤纏，提一根齊眉短棒，奔出南門，一溜煙*走了。

鄭屠家人和那魯家客店的小二將鄭屠抬回家救了半天，還是斷氣了。鄭屠斷氣後，他家人便去州衙告狀，府尹派人

＊吃官司：指被控告受罰或關在監獄裏。
＊一溜煙：形容跑得很快。

捉拿魯達，沒有捉到便寫了張文書，寫上魯達的年紀、籍貫、特徵等，懸賞捉拿他。

魯達離開渭州，東奔西走半個多月，來到雁門縣。走過十字路口，看見一羣人在看榜。魯達不識字，鑽在人堆裏聽人唸榜文：「若有人捉到打死鄭屠的犯人魯達，支給賞錢一千貫。」

正聽到緊要關頭，忽然有個人將魯達攔腰抱住，伴稱：「張大哥，你怎麼在此！」魯達扭頭一看，竟是在渭州救出的金老伯。金老伯把魯達拉到僻靜處，說：「恩人，你好大膽，站在那裏不怕被人捉嗎？」說完，便拉魯達去他家。

魯達一進金家的門，金翠蓮就從裏面出來，濃妝艷抹地對着魯達拜了六拜。原來，他們離開渭州本想朝東京趕路，又怕鎮關西追來，就往北到了此地。這裏有人作媒，翠蓮嫁給本地的財主趙員外，日子好過了。

天快黑時，趙員外回來，他聽說魯達為救金家父女打死鄭屠的事，十分敬佩，殷勤地留魯達住下。一天，兩個人正聊天，金老伯從外面奔來，說剛才看見有幾個公差在打聽魯達的行蹤。魯達說：「這樣，我還是走罷！」趙員外說：「趙某倒有個萬無一失的辦法，只怕提轄不肯。」

魯達說：「有一處安身地就行了，怎會不肯。」

趙員外說他與縣城外五台山文殊寺的長老交情很深，可推薦魯達去那裏當和尚。魯達無處可投奔，只好答應下來。

　　第二日天明，趙員外吩咐莊客挑了緞匹禮物，親自送魯達上山。寺裏的長老看在員外的面上，一口應允了此事。

　　趙員外便叫人給魯達買好僧鞋、僧衣、袈裟等，長老選好良辰吉日，為魯達舉行剃度儀式，淨髮、賜衣、摩頂受戒，賜魯達法名智深。

　　次日，趙員外告別長老，叮囑智深多多保重，魯智深說：「不必多說了，我依你說的辦！」趙員外這才放心離去，他萬萬想不到，魯智深會在文殊寺裏惹出大禍。

貳

智深倒拔垂楊柳
林沖誤入白虎堂

魯智深自出家當和尚後，處處不痛快，他不習慣佛教的戒律，跑到山上喝酒，喝醉回來，把四大金剛的像都打倒了。接連幾次惹事，鬧得寺院不寧，長老決定打發他去東京大相國寺投靠智清禪師。

智清禪師怕智深亂了寺裏的清規，所以就派他去打理寺院所屬的一個菜園。

那個菜園附近住着二三十個賭棍、無賴，常常偷園裏的菜。這天他們照例又來偷菜，看見園外貼着一張榜文，寫着菜園將由智深和尚負責，無賴們便商議，要給智深一個下馬威。

第二日，魯智深來到菜園，只見從園外湧進二三十人，

還端着些果盒酒菜，説：「聽説師父來負責菜園，我們特來慶賀一番。」其中有兩個壯漢，遠遠地跪在地上不起，只等智深上前去扶。智深見他們跪在糞坑邊，心裏便有些提防。他大步走去，那兩人便撲上來抱住智深雙腿，想把他扔進糞坑。

智深雙腳齊飛，一腳一個，將那兩個無賴踢到糞坑裏。兩人一身臭屎，頭上盤滿蛆蟲，哀叫道：「師父！饒恕我們！」

智深對眾人喝道：「你們不過幾十人，就是來個千軍萬馬，我也能殺退。」

這些無賴服了魯智深，第二天就買來十瓶酒、一頭豬請智深喝酒。眾人坐在柳樹下吃喝，正喝得熱鬧，卻聽見樹上的烏鴉呱呱叫，原來那裏有個老鴉巢。有個無賴想用梯子爬上樹毀掉鳥巢，卻見魯智深走到樹前，脱去上衣，右手向下，左手把住樹的上半截，只是腰身動了動，就將那柳樹連根拔起。眾人全拜倒在地，説：「師父絕不是凡人！」

過了幾日，智深請眾人吃酒，吃飽了就為眾人表演武功，他取出鐵禪杖，颼颼地舞動着。正巧牆外有個官人路過，站在牆缺口處看到這情景就大聲叫好。

此人正是八十萬禁軍槍棒教頭林沖，這天，他陪同妻子張氏到城外岳廟燒香。路過菜園，聽到牆內有習武的颼颼聲，以及陣陣喝采聲，就讓使女錦兒陪張氏先去廟裏，自己留下

來看個究竟。

智深忙請林沖進來，兩人一番攀談，十分投合，當下就結成生死兄弟。

兄弟二人暢飲了三杯，突然，使女錦兒慌慌張張地站在牆缺口處叫：「官人，不好了，娘子*在廟裏讓歹徒糾纏着呢！」

林沖慌忙別過智深，和錦兒直往岳廟走去。走到五岳樓前，只見有個青年正不懷好意地攔着自己的妻子。林沖趕去，喝道：「調戲良家婦女，該當何罪！」正要一拳打上去，突然認出這歹徒正是高俅的乾兒子高衙內。高俅沒有親兒子，他特別愛惜這高衙內。林沖見是高衙內，手一軟，卻聽高衙內說：「林沖，你管什麼閒事！」

林沖怒氣未消，瞪着高衙內，此刻，高衙內才知這是林沖的妻子。眾人上來勸了林沖，又把高衙內拉走了。

高衙內回去後悶悶不樂，老想着林夫人。高衙內有個奴才叫富安，知道高衙內的心事，便出了個壞主意。

一日，林沖的好友陸謙上門拜訪，閒聊一會兒，就拉林沖去他家喝酒。兩個人出門後在街上走了一會，陸謙又說就在酒樓裏飲幾杯算了。兩人吃了十來杯酒，林沖起身去小解*，正巧撞見神情慌亂的錦兒。她叫道：「官人，原來你

*娘子：已嫁或未嫁女子的通稱。舊小說、戲劇中稱自己的妻子為「娘子」。
*小解：指小便之意。

在這兒！尋得我好苦！」

　　原來林沖和陸謙出門後不久，有個人奔來報信，説林沖在陸家喝酒時得了急病。林夫人聽後連忙帶着錦兒去到陸家，上樓後只見房內擺着一桌酒席，卻不見林沖人影。正要下樓，那廟裏見過的高衙內就閃出來了，只見他嬉皮笑臉，居心不良，錦兒急忙跑出來找林沖。

　　林沖吃了一驚，三步併作一步跑到陸家，樓門關着，林沖大叫：「娘子開門。」林夫人聽是丈夫來了，便掙脱糾纏跑來開門。高衙內急急地打開窗子跳牆逃走，林沖上來尋不到高衙內，知道給陸謙出賣了，便把陸謙家的東西打得粉碎。

　　再説高衙內那天在陸家跳牆逃走，受到驚嚇病倒了。陸謙和富安把這事告訴高俅，説是只有取了林沖性命，衙內的病才有救，並且獻上一條毒計。高俅聽後：「既然如此，你們就行動罷。」

　　林沖哪知有人要害他？智深天天約他出去喝酒解憂，林沖心裏的復仇念頭便淡下來。一天，兩人正走在街上，見到一個壯漢手拿一把寶刀，插了個草標站在那兒自言自語：「這麼好的刀，怎麼就是找不到識貨的人。」林沖和智深只管走，賣刀人跟在後面説：「這麼大的東京，竟沒有識刀器的。」林沖回過頭來，只見壯漢「颼」地把刀抽出來，刀刃閃閃發亮。林沖接刀細看，讚不絕口，立刻把刀買下來。

　　次日，有兩個差人上門來找林沖，説是高太尉聽説林沖

買了把好刀，叫他帶刀去太尉府一趟，讓太尉過目。林沖以為是哪個多嘴的把此事告知太尉，就拿着刀與二人前往。

走到太尉府，進了前廳，林沖就止住腳，可那兩個當差的說，太尉在後堂等着。於是林沖又走到後堂，不見太尉，他又停下。兩個當差的卻領林沖又走過兩三道門，到了一個廳堂前，說進去稟報太尉，一下子便都不見人影。

林沖拿着刀站在檐下，等了好一會兒，還不見有動靜，便探頭往裏看，只見檐前額上寫着「白虎節堂」。

林沖大驚失色，這裏可是太尉府商議軍機大事之地，外人怎可擅進此處。他急忙準備離開，只聽腳步聲由遠至近，來人正是太尉高俅。

高俅見面就問：「林沖，你為何帶刀私闖白虎節堂，是來刺殺下官嗎？」林沖忙躬下身來解釋，高俅哪裏肯聽，命令手下人拿下*林沖。

林沖大喊冤枉，說：「太尉不召我，林沖怎敢進來？」

高俅狠狠相逼，林沖拒不認罪。高俅讓手下人封住寶刀作為罪證，派人把林沖和罪證一併送到開封府，命令府尹把林沖押入大牢。

當時開封府管文書的官吏叫孫定，此人為人耿直，很為林沖抱不平，於是出面請求府尹解救林沖。府尹何嘗不知林

✽拿下：逮捕、捉住之意。

沖是無辜的，但高俅權高勢大，他怎敢為林沖脫罪？最後還是孫定出主意，讓府尹判林沖一個「不該腰懸利刃，誤入白虎堂」的罪名。府尹親自去高俅那兒稟報林沖的供詞，高俅理虧，又礙着府尹的面子，只得點頭。

府尹照這個定案，吩咐衙役打了林沖二十脊杖，刺了面頰，又帶上一副七斤半鐵護身枷，貼上封條，讓兩個公差董超、薛霸押送林沖去滄州受刑。

林沖的鄰舍們和林沖的岳父張教頭早在府外等候，眾人接林沖和兩個公差到酒店飲酒，林沖安慰岳父說，有孫定照顧，這脊杖打得不算太毒，走路也走得動。林沖飲過幾杯酒，張教頭忙送些銀兩給兩個公差，讓他們一路照顧林沖。

林沖對岳父說：「泰山*在上，林沖與娘子已成親三年，一向恩愛；但這次遭此大禍，此去生死不明；娘子青春年少，別為林沖耽誤自己，還是請娘子改嫁吧，免得再遭高衙內陷害。」

張教頭哪肯依從，無奈林沖已下決心。林沖寫休書，剛要交給丈人，只見娘子和錦兒呼天搶地一路哭來。娘子見了休書，悲痛欲絕，昏倒在地，林沖和張教頭將她救醒，讓周圍的婦人把娘子攙扶回去。

林沖拜辭了眾人，跟公差走了，茫茫路途，誰知前方有

*泰山：妻子父親的別稱。

智深倒拔垂楊柳　林沖誤入白虎堂

多少險惡！

　　董超、薛霸拿了水火棍，監押着林沖上路。時值六月，天氣炎熱，林沖身上的刑傷發作走不動，薛霸一路罵個不停。當日夜裏，三人在小客店留宿，林沖從包裹裏取出些碎銀兩，讓店小二安排吃食。董超薛霸不斷添酒，把林沖灌得半醉。薛霸去燒一鍋沸水提過來，假意要給林沖洗腳。林沖不知是計，把腳伸出來，被薛霸按在沸水中，燙得腳面紅腫。林沖不敢發作，只好倒頭睡覺。

　　第二天起牀，林沖的腳上滿是水泡，舊草鞋也不見了，只得穿董超給的麻編新草鞋。剛走了二三里路，林沖腳上的泡便被新草鞋磨破，鮮血淋漓，無法行走。董超扶着林沖又走了四五里，便到了野豬林。

　　那野豬林地勢險峻，煙霧迷濛，是當差的秘密結果犯人的地方。林沖被帶進野豬林，他疲乏至極，便靠着棵大樹倒下來。林沖見那兩個公差準備用繩索綁他，便說：「我是個好漢，不會逃走的。」

　　那兩人把林沖上下都綁緊了，舉起水火棍對林沖說：「不是我倆要害你，是陸謙帶來高太尉的旨意，差遣我們結果你，我們又有什麼法子！」當下，薛霸便舉起水火棍朝林沖腦袋劈下。說時遲，那時快，只聽松樹後一聲巨響，有根鐵禪杖飛出，把那水火棍打得不知去向，隨即跳出個胖和尚，怒沖沖地衝出來，就要結束那兩個公差的性命。林沖見那和尚是

魯智深，就阻止他，說：「都是高俅的主意，他們不過是奉命行事而已。」

魯智深用戒刀把繩索割斷，扶起林沖。原來，自兩人分手後，智深時時在為林沖擔憂，他見林沖發配滄州，怕出意外，就一路跟來暗中保護；現在親眼看見那兩個公人要對林沖下毒手，如果不是林沖阻止，智深非把那兩人剁做肉醬不可。

智深讓董超、薛霸扶着林沖，四個人走了十七八日，離滄州只有幾十里路，且再無僻靜處。智深便對林沖說：「兄弟，放心去吧，來日再相見！」又掄起鐵禪杖，在一棵松樹上一擊，只見松樹頓成兩截，智深對兩個公差喝道：「你們若對我兄弟心存惡念，這樹的下場就是你們的下場！」

董超、薛霸嚇得吐出舌頭，好久都縮不回去。智深給林沖十多兩銀子，又給那兩個公差幾兩銀子，擺擺手，說聲「兄弟保重」便回去了。

智深走後，兩個公差押着林沖繼續奔滄州，兩人不敢再留難。然而，高俅和陸謙卻不會罷休，因為留着林沖，對他們來說後患無窮。

叁

柴進廣交天下客
林沖雪夜殺奸賊

　　林沖和兩個公差別過智深後，趕了一上午路，中午時分看到官道上有家酒店，三人便進店坐下，不料酒保並不過來招待。林沖以為店主欺客，正要評理，店主人解釋道：「本村有個財主柴進，喜歡結交天下各路好漢。凡有犯人路過，他都願意招待和資助。」

　　林沖以前聽說過柴大官人的大名，便走到村裏求見，可惜柴進一早就打獵去了，林沖只好往回走。走到半路，只見從林子深處飛奔出一羣人馬，有個氣度非凡的人騎着一匹白色鬃毛馬，那人便是柴進，當他得知眼前的帶枷犯人就是大名鼎鼎的林沖，立即跳下馬，倒地便拜，林沖連忙還禮。

　　柴進留林沖住了五六日，每日好酒好飯款待，直至兩個

公差催促上路，柴進才設宴為林沖餞行。席間，柴進又送林沖二十五兩銀子，還交給林沖兩封信，讓他帶去給滄州牢城的管營、差撥。兩人道別後，柴進又令家丁挑着三個人的行李一同前去。當天午牌時分，他們就到達滄州，兩個公差交完差，便回東京去了。

林沖被送到牢城管內，很快就發現當地的差撥、管營又兇惡又貪財。幸好他有柴進的疏通信，又取了銀子送與*他們，這才免吃一百殺威棒。差撥還照顧林沖，讓他看管天王堂，那是個省力的活，每日只管燒香掃地，並將林沖脖上的枷具開了。林沖在那兒住了幾十日，一天偶然出營前散步，只聽有人叫他，回過頭，卻是李小二。

李小二本來是東京一家酒店的伙計，當年在東京犯了法，幸虧林沖用錢幫他贖罪，又給他盤纏*。如今，他就在滄州牢城營前開酒店，不想今日巧遇恩人。李小二把林沖請到家裏，讓妻子拜見恩人，林沖也講了受高俅陷害之事。從此，李小二常常送酒菜給林沖，還讓妻子給林沖縫補衣物。

一日，有兩個不速之客閃進李小二的酒店，一個軍官打扮，另一個走卒模樣，兩人一到酒店就令李小二去請牢城的管營、差撥。李小二見這兩人鬼鬼祟祟，又聽談起什麼高太尉，便和妻子十分留意起來。送菜之間，見那軍官打扮的將

*送與：送給的意思。
*盤纏：旅費。

柴進廣交天下客　林沖雪夜殺奸賊

一包銀子模樣的東西遞給管營和差撥，又聽到那差撥說：「包在我身上，怎麼也要結果他性命。」

那兩人走後不久，林沖恰好來酒店，李小二就把剛才的事原原本本告訴林沖。林沖問明那軍官模樣的長相，大怒，說：「那人正是陸謙，這賤賊敢來這兒害我，看我將他千刀萬剮！」

林沖隨即上街買把尖刀帶在身上，前街後巷一路尋去；第二日又城裏城外尋，都不見陸謙。又過了幾天，林沖才作罷。

到了第六天，管營把林沖叫到點視廳，說：「看在柴大官人的情面上，一直想抬舉你，現有個好差使，讓你去大軍草料場管事。」

林沖臨行前去李小二家商議，李小二也覺得這個差使比看管天王堂強，還能有些收入，便說：「恩人不要疑心，只要平平安安便好。」

林沖取了包裹，帶着尖刀和花槍跟差撥來到草料場。那日正下大雪，林沖二人推開馬料場中間的草屋，看見原先看管這兒的老兵正在烤火。老兵與林沖做了交接，還送與他一隻大葫蘆，說是可用它去二里外的街市打酒。

差撥和老兵走後，林沖仰面看那四處漏風的草屋在朔風中吹得搖搖欲墜。他烤了一會火，仍覺寒冷，便用花槍挑上酒葫蘆上街市打酒喝。行到半里光景，看見有間古廟，便禱

告幾句，隨後去街市要了盤熟牛肉、一壺熱酒，吃喝完畢又買兩塊牛肉和一葫蘆酒，沿原路返回草料場。路上，雪更大，風更緊。林沖飛奔到草料場，只見草屋已被雪壓倒，火盆也被雪水浸滅，只得抽出一條棉被，去半里地外的古廟安身，心想等到天明再說。

林沖鎖上草料場大門，用花槍挑着棉被走到古廟，取出牛肉下酒。

正吃喝間，忽聽外面傳來「嗶剝」的爆響，林沖跳起來從牆縫往外看，只見是草料場着火，火勢很旺。林沖一驚，忙取了花槍，剛要開門去救火，卻聽有人說着話往這邊來。林沖伏在門上聽，發覺是三個人的腳步聲。三人奔過來推廟門推不開，就站在廟檐下說話。

一個說：「這計策真妙，全靠管營、差撥的苦心，回去稟報太尉，保二位做大官。」

另一個說：「林沖結果了，那張教頭就沒法再推託，只要他將女兒給高衙內，衙內的病必然就好。」

還有一個說：「我燃着了十幾個火堆，看林沖哪裏逃。即使逃了性命，燒了大軍草料場也是死罪。」

林沖聽得真切，這三人是陸謙、富安和差撥。好險，要是草屋不倒，林沖早被活活燒死了。林沖悄悄把石頭挪開，打開門，大喝一聲：「奸賊哪裏逃！」那三人全驚呆住。林沖先用槍刺倒差撥；見富安逃出去十來步遠，便趕上去往後

心捅他一刀;隨即提起陸謙,丟翻在雪地上,罵道:「我自幼與你相交,無冤無仇,你倒來害我,且吃我一刀。」罵完便用尖刀向陸謙心窩一剜。再回頭時,發現差撥正掙扎着爬起來,林沖罵道:「你這奸賊,也吃我一刀!」林沖乾脆把三個人頭全割下來,提回廟中放在供桌上,然後喝乾了酒,帶上包裹出來。他往街市方向走了一會兒,見鄰村的人都拿了水桶趕來救火,就說:「你們快去救火,我先去報官,隨後就到。」

　　林沖往東走了兩個更次*,雪更大了,寒氣逼人。遠處有幾間草屋,破壁縫中透出火光,林沖便走過去,推開門,那兒有四五個看守米囤的伙計正在烤火。林沖向他們打個招呼,便在火邊烘濕衣服。正烘着,見火炭邊煨着個瓦甕,裏面透出饞人的酒香。林沖摸出碎銀子想買下這酒,伙計們卻想留着自己用;一來二去,言語中惹怒了林沖,他乾脆用槍桿一陣亂打,嚇得伙計們逃個精光。林沖便獨自快活,將那甕酒喝掉一半,然後提着槍出門便走,剛走半里多地,酒性發作,倒在地上。

　　天色微明,林沖才酒醒,發現自己被綁在一個莊院裏。原來,昨夜逃出草屋的伙計回村裏叫來二十多人找林沖算賬,發覺他不在草屋就一路追去,見他爛醉如泥,就把他綁

*更次:一晚有五更,每更約兩小時。

上關進莊院，只等村裏的大官人來發落。

萬沒想到，那竟是柴進的村落。柴大官人前來，發覺那被抓的狼狽不堪的傢伙卻是林沖，忙命伙計們放了他。

林沖將雪夜火燒草料場的經過全告訴柴進，柴進聽罷，將林沖請到暖閣坐下，為他安排酒菜飯食。

幾天後，風聲更緊。那牢城的管營首先告發林沖放火燒草料場，並殺了差撥三人。州尹大驚，出了懸賞捉拿林沖的文書，又派人挨村挨戶查問。林沖如坐針氈，最怕連累柴進，柴進便給林沖出了個主張，讓他投奔山東濟州的梁山泊，那裏的寨主王倫與柴進有一段交情。

林沖見柴進想得周全，哪會不肯。柴進便寫了一封書信交給林沖，又設計帶着林沖過了關卡。

林沖繫上腰刀，戴着紅纓氈笠，提一把朴刀*，拜別柴進，急往梁山泊去。

＊朴刀：舊式武器，一種窄長有短柄的刀。

吳用設計賽諸葛 七星智取生辰綱

　　山東濟州鄆城縣新來了一個知縣，上任當日，便下令手下人防範附近梁山泊的賊盜。

　　步兵都頭雷橫得令，帶着二三十人連夜巡視，走到靈官廟前，見殿門未關，進去只見供台上睡了個大漢，行跡可疑，便綁了押出廟門。此時正是五更時分，雷橫一行到不遠處的東溪村討些點心吃。

　　東溪村的保正*叫晁蓋，是本鄉富戶，一向仗義疏財；他見雷橫抓了個大漢，便一面讓人備酒招待，一面去看那大漢，只見大漢紫黑闊臉，髮邊有一塊朱砂痣。晁蓋問：「漢子，

*保正：就是保長（地方長官）。

你來此做什麼？」

漢子道：「聽説這兒有個叫晁蓋的好漢，我特意來投奔他，帶給他一套致富的辦法。」

晁蓋連忙作了自我介紹，並如此這般地對漢子説了幾句話。漢子忙大叫：「舅舅救我！我昨夜喝醉酒躺在廟裏讓人當賊抓了。」

晁蓋拿起棍棒打漢子，罵道：「我沒有你這樣不爭氣的外甥！」雷橫見這漢子是晁蓋的外甥，樂得做個人情，就把漢子放了，晁蓋忙取出十兩銀子多謝雷橫。

原來那漢子名劉唐，外號「赤髮鬼」。雷橫一走，他便朝晁蓋拜了四拜，説：「小弟打聽到北京*大名府梁中書收買十萬貫金銀珠寶等送上東京，為他丈人蔡京太師賀生辰。這梁中書去年也曾送過十萬貫金銀財寶，半路上不知被誰打劫去了。今年這生辰賀禮也快要送出，要趕六月十五日的生辰。這本是不義之財，搶了何妨！」

晁蓋説：「好！我們慢慢商議！」一面叫人安排劉唐歇息，一面派人去請密友吳用。

吳用是一個秀才，生得眉清目秀，面白鬚長，有「智多星」之稱。吳用聽完晁蓋一番關於生辰綱*的話，眉頭一皺，

---

*北京：宋代的北京，建立在現今河北省大名的東北面。
*生辰綱：古時把整批運輸的貨物叫做「綱」，生辰綱，就是運送大批的生辰賀禮。

計上心來，道：「如今只有劉唐和你我，三個人還辦不妥此事，辦這事非得有七八個好漢不可。我想找濟州梁山泊邊石碣村的漁民阮氏三兄弟，那三人武藝出眾，又敢赴湯蹈火！若有這三人，大事必成。」

　　吳用讓劉唐去打聽生辰綱從哪條路經過，以及起程日期，自己連夜去找阮氏三兄弟。翌日＊中午，吳用到達石碣村，先找到阮小二。那小二頭戴破帽子，赤着雙腳，吳用只說自己在大財主家做門館，財主家要十幾條十四五斤重的金鯉魚辦筵席，特來找阮氏兄弟幫忙。

　　小二說：「隔湖有酒店，我們先喝幾杯去。」

　　阮小二外號「立地太歲」，他搖船送吳用過湖，正盪着，只見蘆葦叢中搖出一隻船，阮小七站在船頭。那阮小七外號「活閻羅」，頭戴黑箬笠，身上穿件棋子布背心，他見到吳用也十分歡喜，三人去找阮小五一起去酒店。

　　阮小五喚作「短命二郎」，大家找到他，進了酒店吃喝一通，還不盡興，便又去打了酒，買來二十斤牛肉、兩隻肥雞，到阮小二家吃個通宵。

　　四個人在阮小二家後面水亭上喝酒吃菜，阮小七說：「那種大鯉魚，只有梁山泊有，但那裏被強人所佔，無法去那裏打魚。」

＊翌日：第二天。

阮氏弟兄説起如今日子難過，還不如乾脆當強盜去。吳用聽後大喜，問：「倘若有人賞識你們，你們是否肯出山？」

阮小七説：「只要有人賞識我們三兄弟的本事，刀山敢上，火海敢下。」

阮小五也説：「大塊吃肉，大碗喝酒，當強盜有什麼不快活？」吳用見阮小二也是摩拳擦掌，知道三人的意向了，就告訴他們準備劫那不義之財的事。阮小七一聽，跳起來道：「我早就盼着有這種好機會！」

次日一早，四人便往東溪村來，找晁蓋商議大事。幾個人説了半夜的話，天亮時，去後堂點了燈燭，擺上熟豬羊，一齊起誓道：「梁中書搜刮民脂去給蔡太師賀生辰，我們六人，誓劫去這不義之財。」

正在此時，有個道士在門前要見晁蓋，晁蓋吩咐莊客給他三五升米，打發他走，不料，那道士死活不走，把十來個莊客都打倒了。晁蓋聽説後趕到門前，只見那道士身長八尺，口中喃喃道：「真是不識好人心，我並不是來化緣而是來送十萬貫財寶！」

晁蓋忙上前見了，請道士到後堂吃茶。幾句話攀談下來，就知道這道士名叫公孫勝，武藝不凡，而且善於呼風喚雨，騰雲駕霧。他聽説過這裏有個好漢叫晁蓋，有意來投奔，恰巧又打聽到梁中書派楊志押送生辰綱順着黃泥崗大路來，便想把這當成見面厚禮。

晁蓋自是歡喜，讓人把酒端來，請阮氏三兄弟等出來，重新開席暢飲。飲酒間，晁蓋説起家住黃泥崗附近的白勝也是個能幹的人，而且晁蓋多次接濟過他。

吳用一聽，道：「此人自有用處！」接着便把劫取生辰綱的計策説了一遍，晁蓋聽後大喜，拍着手説：「妙計！不愧是智多星，真是賽諸葛。」

次日五更，阮氏三兄弟便回家去，吳用又如此這般地叮囑了一番。

再説北京大名府梁中書，準備好十萬貫生日禮物後一直物色押送的人選，因為去年的生辰綱被劫至今未破獲，思前想後，決定讓楊志擔起重任。

楊志外號「青面獸」，從小學得一身好武藝，只因中武舉後做了殿使府武官，有一次和眾人一起去運花石綱，不料運石船在黃河翻了，全船人葬身海底，惟有楊志死裏逃生，卻丟了官職，在外避難。朝廷大赦後，幸得梁中書抬舉，讓他做個管軍提轄。

楊志提出這次送生辰綱不要聲張，把禮物裝成十餘條擔子，點十餘個健壯的廂禁軍裝成腳伕來挑擔，他本人與押送的兩個虞候，以及梁府的老都管都打扮成客人。梁中書見楊志想得周到，稱讚他説，「不枉抬舉了你，你真有見識。」

楊志等人五更起淋，取大路往東京去。那時正是五月半天氣，太陽一出便酷熱難行。走了五六天，人家漸少，路途

冷僻，楊志卻規定辰時*起身，申時*才歇。挑擔的廂禁軍及虞候等人都受不了，汗流浹背，見到樹林就想進去歇，楊志哪肯，舉着藤條逼趕，只怕出差錯。

六月初四那日，紅日滿天，這行人走的又是崎嶇山路，走了二十多里，軍人們只感到腳下的石頭都燙人，大家都覺走不得了，楊志卻催促説：「快走，翻過山崗再説。」

奔上山崗後，廂禁軍全在松樹林睡倒。楊志用鞭子劈頭蓋腦抽打，卻是打了這個那個睡倒，打了那個這個躺下。虞候和都管也氣喘吁吁，都説熱得無法行走。

楊志道：「這裏是強盜出入的黃泥崗，怎能在此停腳。」於是舉起藤條又打軍士，老都管見楊志如此不近情理，便將他罵了一通。兩個人你來我去正在爭執，只見對面松林裏有個人伸出頭張望。楊志拿着朴刀追進林子，只見松林裏擺着七輛手推車，六個人赤條條地在乘涼，見到楊志，忙跳起來説：「我們是做小生意的，沒錢給你。」

楊志説：「那你們張望什麼？」

那些人説：「我們販棗去東京，剛才聽到響動，以為是強盜，就讓這弟兄出去看看。」

楊志見是一般的行人，就走回那邊，無奈地説：「歇一會就走罷。」自己也找了個涼快處坐下來。

*辰時：早上七時到九時。
*申時：下午三時到五時。

這時，遠遠地過來個漢子，挑着擔子，唱着歌上山崗：

赤日炎炎似火燒，野田禾稻半枯焦；

農夫心內如湯煮，公子王孫把扇搖！

他一邊唱着，一邊挑着擔走到松林邊放下，坐下歇息。軍士們問：「桶裏是什麼？」漢子答：「是酒，五貫一桶。」

兵士湊錢想買酒解暑，楊志罵道：「好大膽，不怕被蒙汗藥麻醉麼！」說罷便用朴刀桿打拿錢的人。挑酒的漢子看看楊志冷笑道：「你這客官好沒道理，何必說這些，我也沒想賣酒給你們！」

這時，林中的七個棗販子走來，紛紛說：「他們不吃，我們吃，賣一桶酒給我們罷！」賣酒人氣呼呼地說：「我這酒中有蒙汗藥！」

棗販子們終於買下一桶酒，大家輪流用兩隻椰瓢吃酒，還捧出紅棗下酒。一桶酒喝盡，付了五貫錢，棗販子又說要再添一瓢喝，其中一個棗販子在另一個酒桶中舀一瓢酒來喝，賣酒漢子不肯，追了過去，只見另一個棗販子又從松林走來，將手中椰瓢在桶裏舀了一瓢酒。賣酒漢子將瓢奪過來，將瓢中酒往桶裏一倒，扔下瓢兒說：「你們這些客官真不像君子！」

坐在對面的廂禁軍見到這情景，饞得不行，其中的一個對老都管說：「賣棗的吃了沒事，我們為何不買一桶潤潤嗓子。」老都管也滿心想喝這白酒，便對楊志說：「買一桶讓

◆ 吳用設計賽諸葛 七星智取生辰綱 ◆

他們避避暑氣罷！」楊志眼見賣棗人買了酒吃，又見這一桶酒也被舀了喝過，便說：「喝完酒就出發！」

不料，那賣酒人道：「不賣，不賣，這酒內有蒙汗藥。」眾人陪着笑說好話，賣棗人又上來把賣酒人推開，只顧把酒提給軍士們。軍士打開酒桶蓋，又向賣棗人借來椰瓢，賣棗小販還送一大把棗給眾人送酒。軍士和老都管都各自喝了，兩個虞候也不客氣，各吃一瓢。楊志口渴難熬，也吃半瓢，分幾個棗子吃了。酒販收下錢，挑着空桶，唱着山歌下崗去了。

那七個棗販子立在松樹邊上，指着楊志等人說：「倒了！倒了！」只見這十五人頭重腳輕，都癱軟在地。那賣棗販子從林子裏推出七輛手推車，把棗子扔在地上，將十一擔金銀財寶都裝在車上，遮蓋好，叫道：「走吧！」大搖大擺下崗去了。

楊志暗自叫苦，可怎麼掙扎得動？眼睜睜地看着那七人揚長而去。

那七人不是別人，正是晁蓋、吳用、公孫勝、劉唐以及阮氏三兄弟，剛才那賣酒小販則是白勝。原來白勝挑上崗子的是兩桶好酒，七個人先吃了一桶，劉唐又在另一桶裏舀半瓢喝，故意讓楊志看了不起疑心。後來吳用去松林取出藥抖在瓢裏，假意要添半瓢酒，那白勝奪回倒在桶裏，這全是吳用出的計策。

　　卻說楊志酒喝得少，最早醒來，想死不成，想活又無處可投，見那十四個人還口角流涎，動彈不得，就罵道：「你們不聽我的勸告，惹出麻煩，連累了我！」說完長歎一聲，掛起腰刀，拿着朴刀，逕自下崗走了。

　　那十四人直到二更*方才醒來，一個個叫苦連天，想想回去無法交待，便商議把罪責全推在楊志身上。於是回去稟報梁中書道：「楊志和七個賊人串通，將生辰綱劫去了。」

　　梁中書大怒，罵道：「楊志這忘恩負義的傢伙，倘落在我手中，定叫他碎屍萬段。」他連夜寫了兩封信，一封差人送往濟州府，要求立即捉拿這夥強盜，另一封寫給他丈人報告事因，發誓要報此仇。

水滸傳

*二更：指晚上九時到十一時。

伍

宋江冒死救密友
梁山好漢尊晁蓋

濟州府尹接到梁中書的信，即派緝捕使臣何濤率眾人去黃泥崗一帶緝捕強盜，不料，幾天下來未見任何蛛絲馬跡。府尹正憂愁，又收到蔡太師差人送來的公文，限在十日之內將強盜捉拿送去東京，否則便將府尹放逐去沙門島。府尹大驚，忙把何濤找來，在何濤臉上刺上「送配……州」字樣，空着州名，並對他說：「你若抓不到賊人，我先把你發配到雁飛不到的去處。」

何濤悶悶不樂地回到家，正巧他的賭棍弟弟何清來了，聽說哥哥的處境，忽然想起前日去安樂村賭錢，看見有七個棗販子在客店歇息，還看見安樂村的白勝挑了一擔東西。何濤聽到這線索，大喜，當下派了八個公差來到安樂村，三更

時分敲開白勝家門，將白勝綁了，又在白勝的牀底下挖出一包金銀，於是人贓一併帶回濟州城。

白勝先是死不肯招，後來被連打三四頓，皮開肉綻，實在捱不住了，就招出晁蓋，只說另外六人他並不認得。府尹命人取一個二十斤重的死囚枷鎖住白勝，隨即差何濤帶人連夜趕至鄆城縣。何濤怕走露風聲，將隨從留在客店，自己去鄆城縣衙送上公文。不料，正是巳牌時分，知縣剛退早衙，何濤只能在縣衙對門的茶坊坐等，正巧遇上本縣的押司*宋江。宋江表字公明，是本地人，長得面黑身矮，但刀筆精通又樂於幫助別人，受過接濟的都稱他為「及時雨」。

何濤見來者穿着公差裝束便上前搭話，互相行禮，互報姓名。何濤求宋江將交公文的事快快完成，宋江問：「不知是什麼緊急事情？」

何濤便把晁蓋等人劫取生辰綱犯下死罪的事告訴宋江，宋江吃了一驚，晁蓋是他的心腹弟兄，倘不去救，性命難保。於是，他假意罵了晁蓋幾句，又與何濤敷衍說：「知縣老爺正在休息，請略坐片刻，我回家辦些雜事便陪你去衙門。」何濤說：「押司請便，小弟在這裏等你。」

宋江走出茶坊便騎上馬，半個時辰就到了晁蓋莊上，告訴晁蓋黃泥崗事發了，專差已來緝捕，並說：「三十六計，

*押司：宋代官衙中的官吏，負責文書等工作。

走為上計，快逃吧！」晁蓋聽後說：「賢弟，你的大恩難以回報啊！」

宋江不敢停留，上馬飛也似的回縣裏去。他回到茶坊只見何濤已急得在茶坊前等了，便上前說：「要你久等了，因為家裏來了親戚，難以脫身。」說完，便領何濤入衙門去見縣尹。

縣尹拆開實封公文，大驚，立即就要公差去捉拿晁蓋。宋江在一旁說：「日間去容易走漏消息，不如夜裏去捉。」

縣尹令都頭雷橫、朱仝帶一百餘人與何濤等人當晚去抓晁蓋。一行人帶着繩索、武器出發，到東溪村已是一更時分，朱仝和雷橫兵分兩路，一路去晁家莊後門埋伏，一路攻打前門。

雷橫領兵攻前門，想着以往得過晁蓋的恩惠，便有心要救他。才奔到莊前，只見莊內一把火從中堂燒起，紅色火燄映紅天空，衝開莊門，不見一人。雷橫故意大叫大嚷：「別跑了晁蓋。」

晁蓋剛剛在收拾行李，原來接到宋江報信時，阮氏三兄弟已回石碣村，晁蓋就讓吳用、劉唐領人挑了劫來的金銀財寶，先上石碣村，自己和公孫勝作些善後的事再走。聽見雷橫的喊叫，晁蓋忙同公孫勝率十餘個莊客從後門殺出去，口中吶喊：「擋我者死！」

那朱仝也有心放晁蓋，假意閃一閃，放開一條路讓晁蓋

走，又讓手下人進莊捉賊人，自己舉着刀追趕晁蓋，晁蓋見朱仝追來，説：「你追我幹什麼？我們平日相處不錯。」

朱仝見身後無人，才説：「你不見我閃條路讓你過去？你還是投奔梁山泊安身吧！」晁蓋道：「救命之恩以後再報。」朱仝假意追趕，其實是一路護送，直到晁蓋等人走遠，才故意失腳撲倒在地，只對眾人説扭傷了左腿。其他人也不敢實追，虛趕一陣就回來稟報説抓不到。

何濤叫苦連天，只捉來兩個晁蓋的莊客帶回濟州。那兩個莊客受不住嚴刑拷問，招出了劉唐、吳用、公孫勝及阮氏弟兄的名字。府尹連夜審訊白勝，白勝挨不住刑，就供出阮氏兄弟的住處。府尹讓人把白勝囚在牢裏，便對何濤説：「你去石碣村抓那三個姓阮的！」何濤知這石碣村湖泊正在梁山泊邊，就要求多帶士兵；府尹見言之有理，便點五百官兵隨何濤去。

再説晁蓋、公孫勝帶來十餘個莊客往石碣村去，半路遇見阮氏弟兄們前來接應，七個人聚在一起，商議投奔梁山泊的事。正説着話，幾個打漁的人來報告：「官兵進村啦！」阮小二道：「看我對付他，叫他們有來無回！」

晁蓋讓吳用、劉唐帶着財寶和家人撤離，又布置迎敵辦法。

何濤率眾人進入石碣村，到阮小二家後一齊吶喊，人馬全撲進去，不料撲個空，裏面只剩下幾件不值錢的東西。何

濤派人打聽到阮氏弟兄住在湖泊中，便將河邊的船奪來，全體上船，撐的撐，搖的搖，一路搜尋阮氏兄弟。行了一程，忽聽到蘆葦叢中有人唱歌，歌詞說要「殺盡酷吏和贓官」。眾人吃驚，只見那唱歌的人駕着小船駛來，認得的人叫道：「他就是阮小五！」何濤一招手，眾人便搖船追去，搭上箭一起放，可阮小五一個筋斗翻入水中，箭都放空了。何濤領着士兵駛過兩條河汊，只聽蘆葦叢中傳來一聲口哨，見兩個人撐着一條船駛在前面，船頭站立的那個人頭戴青箬笠，身披綠蓑衣，正唱着「先斬何濤。」有認得的人說，那就是阮小七。

何濤氣極，讓眾人追去。阮小七笑笑，轉過船頭往小水港走，口裏吹着口哨。眾人拚命追趕，只見水港異常狹窄，何濤讓眾人上岸，卻發現茫茫無邊的都是蘆葦叢。何濤派人划兩隻船前去探路，但不見回來；又派一批人去，又是只去不回。何濤見天色漸晚，便親自坐隻快船，找幾個士兵帶上武器前去看個究竟。

船行了五六里，看見側岸站着一個人，扛着鋤頭，何濤便問：「這是什麼地方？」那人說：「這叫『斷頭溝』，前面沒路了。」船上的士兵剛跳上岸，那人提起鋤頭就把那些士兵打得翻進水裏。何濤見勢不妙，剛想跳上岸，腳下的船忽地盪開去，水底下冒出一個人把何濤拖下水，灌夠河水才拖上岸，又將何濤捆起來。何濤一看，水底的這人正是阮小

七，岸上扛鋤頭的便是阮小二。弟兄倆對着何濤罵：「我們兄弟三人，從來愛殺人放火，你竟有膽來抓我們？」何濤只是求饒，兄弟二人把他捆得像隻糭子扔在艙內，一聲口哨，蘆葦叢中又鑽出幾個接應的人。

那些官兵還在蘆葦叢裏盲目搜索，突然開來一隻船，上面滿滿地堆着燒起來的柴草，官兵想逃，不料岸上的蘆葦也被人燃着，火光熊熊，官兵們有的被火燒死，沒燒死的也讓晁蓋等人打死，五百官兵只剩下何濤一人。阮小二將綁得像糭子的何濤提起來放他一條生路，阮小七送何濤到大路口，將他兩隻耳朵割下做表證。何濤撿回性命，奔回濟州去了。

晁蓋等人駕着五六隻小船離開石碣村湖泊，先到約定處找到吳用、劉唐，整頓好後，一起來到朱貴的酒店。

朱貴是梁山泊頭領王倫手下的小頭目，在這裏以開酒店為名，專門打探路過客人帶了多少財帛，以便向山寨匯報。另外，還在這兒接應投奔梁山泊的好漢。朱貴見來了這麼多人入夥，忙讓酒保安排酒席，他聽吳用講完前後經歷，更是大喜，隨即搭一支響箭往那對面的蘆葦叢射去，只見響箭射到處，有小嘍囉搖着船過來。朱貴把入夥的眾豪傑的姓名寫上，交給小嘍囉先去報知王倫。

翌日大早，朱貴用一隻大船送眾豪傑上梁山，王倫率眾頭領出來迎接，並令手下宰了兩頭牛、十隻羊款待晁蓋一行人。席上，晁蓋把劫取生辰綱的前後經歷說了，王倫聽完大

驚失色，只是敷衍幾句，顯得悶悶不樂。

筵席散後，晁蓋對吳用等人說：「王頭領這麼看重我們這些犯死罪的人，此恩日後要報。」吳用在旁邊冷笑道：「兄長以為王倫會收留我們？他倘若真想留我們早就安排我們的排位了。」

晁蓋道：「那可怎麼辦好？」吳用回答道：「我發現林沖對王倫不滿，如果王倫逼人太甚，他們會自相火拚。」

第二日林沖來訪，晁蓋、吳用熱情相待。只聽林沖說：「王倫心術不正，妒嫉賢能，他怕各位的威望壓過他，就有不肯相留的意思。」

吳用故意說：「既然王頭領有此意，我們還是投別的山寨去。」林沖說：「我就是怕各位要走，才來說這話的。看今日王倫怎麼說！各位放心，一切由林沖負責！」

原來當時林沖拿着柴進的信前來入夥時，王倫也是百般刁難，林沖因此看透了王倫的為人，一直心懷不滿。

林沖走後，就有人來請晁蓋等人上山赴宴。吳用讓眾人暗藏武器，因為他預計今天會有一場火拚。

果然，筵席上王倫叫小嘍囉取來五錠大銀，對晁蓋說：「敝山寨太小了，怎麼安得下這麼多真龍？況且糧少房稀，怕虧待各位，所以略備薄禮，望你們另投他寨。」林沖聽後兩眼圓睜，大罵王倫。吳用見時機已到，假意拉着晁蓋要下山。林沖急了，把桌子踢在一邊，從衣襟下抽出明晃晃的刀，

王倫見情況危急，忙叫道：「幫我的人在哪裏？」

　　林沖捉住王倫罵道：「眾豪傑上山相聚，你竟打發他們走，你這無量又無才的嫉賢妒能的人，怎配做山寨之主！」罵完，就一刀把王倫結果了，吳用趁勢叫道：「如有不服者，以王倫為例！」吳用想扶林沖為山寨之主，林沖決意不肯，說：「晁蓋兄智勇雙全，仗義疏財，我們立他作山寨之主可好？」

　　眾人一齊叫好，於是林沖將晁蓋推上第一把交椅。眾豪傑也依次排了坐次，吳用坐第二位，公孫勝坐第三位，林沖坐第四位，劉唐坐第五位，阮氏三兄弟依次坐第六位、第七位、第八位，朱貴坐第十一位。從此，梁山泊就有十一位頭領，山寨上下共七八百人。

　　晁蓋做了山寨之主後疏財仗義，安頓各家老小。林沖見了不由也思念起娘子。晁蓋知道後，派兩個小嘍囉去東京打探，才知林娘子被高太尉威逼成親，自縊身亡；張教頭也已去世。林沖聽後潸然淚下，從此杜絕了思家的念頭。

　　晁蓋與吳用命令手下修理寨柵，打造槍刀弓箭，安排大小船隻，準備防禦外敵。

宋江怒殺閻婆惜　朱仝私放宋公明

　　宋江自晁蓋走後一直為他們一行的安危擔憂，一日傍晚，宋江去對面的茶坊吃茶，只見有個大漢背着一個大包，走得汗如雨下。宋江見那人略有些面熟，就跟在他身後走了一段路。那人認出宋江後走過來打招呼，説道：「押司認得小弟嗎？」宋江道：「有些面熟。」那人便帶宋江去到一個僻靜的酒店，進店放下包裹，倒頭便拜。

　　原來那人就是劉唐，特別代表晁蓋等人來謝救命之恩。宋江聽後大驚，説：「賢弟，你好大膽，萬一讓公差見了，會惹事的！」

　　劉唐道：「為來酬謝，不懼一死！」他將晁蓋等人的近況説了，並將晁蓋的一封信和一百兩黃金的酬金取出來。宋

江看完信，摸出招文袋，用這信包一條金子放進招文袋，將其餘金子交還劉唐，説：「賢弟，並非宋江見外，我已收下一條，你們弟兄初到山寨，正要使用金銀。」劉唐苦苦相勸，宋江哪肯接受。宋江因怕山寨號令嚴明，取出紙張寫了回信細加説明。劉唐只得包好金子，帶上回信連夜回梁山泊去了。

宋江告別劉唐後乘着夜色回去，半路恰好遇上閻婆，閻婆把宋江的衣袖扯住，要宋江去她家，宋江被她纏得無法，只得跟她去了。

那閻婆原是東京人，流落在郓城，她有個女兒叫婆惜，母女倆在此地無依無靠，曾得宋江救濟，閻婆便求做媒婆的王婆做媒，將婆惜給宋江做小妾。宋江出錢養活這母女，然而婆惜卻和一個叫張文遠的好上了，對宋江十分冷淡，所以宋江已幾個月不上她家去了。

這日，閻婆把宋江帶回家，叫道：「我兒，三郎來了。」那婆惜正等張文遠，聽閻婆一叫，以為來的是張文遠，忙把手掠一掠雲鬢，飛也似的下樓，卻見琉璃燈邊坐的是宋江，自然臉色難看起來，上樓倒在牀上。閻婆忙上來打圓場，又去買些時新果品和酒菜來勸宋江喝幾盅，宋江拗不過她，飲了三五杯酒。閻婆又讓婆惜敬酒，婆惜巴不得灌醉宋江，也陪着宋江喝起來。這時，有個當地賣糟醃的唐牛兒賭輸了錢，想找宋江討幾貫錢買酒，便一直找到閻婆家。宋江想趁這機會脫身，便朝唐牛兒努努嘴，道：「莫非縣裏有要緊事，才

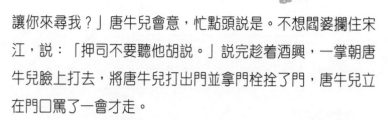

讓你來尋我？」唐牛兒會意，忙點頭說是。不想閻婆攔住宋江，說：「押司不要聽他胡說。」說完趁着酒興，一掌朝唐牛兒臉上打去，將唐牛兒打出門並拿門栓拴了門，唐牛兒立在門口罵了一會才走。

宋江坐到二更時分酒勁上來，便把頭上巾幘除下，把招文袋和佩刀掛在牀的欄桿上，倒在牀上睡覺。到了四更，宋江酒醒，用冷水洗過臉，穿戴後就下樓出門。

宋江出門後正巧遇上賣藥茶的王公來趕早市，老人捧上一盞濃濃的「二陳陽」給宋江。宋江常吃王公的藥茶，要付錢總讓老人家擋住，十分過意不去。他想起昨天收了晁蓋一條金子，就想把這送給王公做棺材本。他揭起衣服找那招文袋，卻發現早晨氣呼呼地走，竟忘記把牀欄上的招文袋解下。

宋江慌忙往閻婆家跑，那條金子是小事，怕的是招文袋中有晁蓋的書信。昨日原打算回去就燒燬，不料中途讓閻婆纏住，今早偏又忘了！那婆惜頗識些字，若這招文袋讓她拿去那就事大了。

再說婆惜也是一夜未睡安穩，見宋江走了就爬起身，看見牀欄上掛着招文袋和刀，便提起來打開招文袋，看見金子和晁蓋的書信，自言自語道：「好呀，看老娘慢慢治你！」

正在此時，她聽見樓下有腳步聲，知是宋江找來，就把刀和招文袋捲起來藏在被裏閉上眼假裝睡着。宋江衝上樓，不見招文袋，就忍住氣好言勸說婆惜把招文袋還他。

婆惜豎起眼眉，兩眼圓睜，說：「老娘就是不還你，你去叫官府來捉我罷。」宋江聽了心慌，說：「我也不曾虧待你們母女，好姐姐，快將招文袋還我。」婆惜道：「若要饒你，你得依我三件事。」宋江忙說：「別說三件事，就是三十件事也依你。」

閻婆惜道：「第一件，你得任憑我改嫁張文遠；第二件，你給我買的穿戴首飾不許日後來討還；這第三件就怕你不肯。」宋江說：「前兩件事都答應了，第三件有什麼不肯的。」婆惜道：「那信上說送你一百兩金子，你把這些全給我，我便饒了你。」

宋江說：「那一百兩金子我已退還他們。」婆惜哪裏肯信？宋江只得答應日後變賣家產還她這一百兩金子，怎奈何這婆惜仍是不依，怎樣也不還招文袋，還說：「明朝與你公堂上見。」

宋江聽後怒氣哪裏按捺得住，便來扯開婆惜的被子找招文袋，看見招文袋的帶子從婦人胸前垂下來，就上來搶奪，一拽，倒拽出那把佩刀。婆惜見宋江搶刀在手便叫道：「宋江殺人囉！」這一叫倒讓宋江起了殺心，一肚皮火氣冒上來，手起刀落將這婆娘殺了。宋江趕忙取過招文袋，抽出信來燒了，然後整裝下樓來。

閻婆睡在樓下，聽那兩口子吵吵嚷嚷也沒在意，不料聽女兒叫「宋江殺人」就心慌起來，穿上衣服奔上來，在樓梯

與宋江撞在一塊。閻婆問：「你們兩口子鬧什麼？」宋江説：「你女兒太無禮，我殺了她。」閻婆笑道：「説什麼！別開玩笑。」宋江説：「我真的殺了她。」閻婆推開房門，只見女兒倒在血泊中斷了氣，就説：「天！這可怎麼好。」宋江道：「我不會逃的，隨你怎麼處置。」

閻婆想了想，説：「這賤人是不好，押司沒殺錯，只是我從此沒了依靠。」宋江説：「我會讓你後半世豐衣足食的。」閻婆又説：「女兒死在牀上，最好趁天未明買個棺材，以免驚動左鄰右舍。」宋江答應去買一具棺材，便和閻婆一塊出門取錢。走到縣前，縣門剛開，閻婆突然一把將宋江扭住，大叫：「殺人賊在這裏！」這時，幾個公差圍過來，見是宋江，就説：「宋押司哪是這種人。」閻婆大叫：「他就是殺人元兇！」

正在此時，唐牛兒走來賣糟薑，見閻婆扭住宋江大鬧，便想起昨晚受的一肚子氣，走近去伸開五指朝閻婆臉上一掌，閻婆頭昏眼花鬆了手，宋江趁機逃掉。閻婆回過神來不見宋江，便扭住唐牛兒叫：「宋押司殺了我女兒，他卻來幫兇手逃脱，快抓住他！」幾個公差一擁而上，拿住了唐牛兒。

知縣聽説殺了人，慌忙出來審查，閻婆跪着將宋江殺婆惜、唐牛兒放走兇手的事説了一通。知縣又審唐牛兒，他只説是氣閻婆不過才上來打人，並不知殺人之事。知縣平日和宋江有交情，有心要為宋江開脱，就對唐牛兒説：「宋江是

個君子，怎會隨便殺人，這人命案定在你身上！」於是再三盤問唐牛兒，並不派人去抓宋江。

可是主管此案的張文遠本是婆惜的相好，怎肯就此作罷。他在閻家找到宋江的佩刀，三番兩次來稟報知縣，道：「殺人的兇器是宋江的佩刀，此案只有捉拿宋江才能真相大白。」知縣見無法為宋江遮掩，便差人去宋江住處捉拿，可宋江早已不知去向。張文遠不肯罷休，一邊提請知縣去宋江的父親和弟弟的住處搜捕，一面唆使閻婆來鬧。

閻婆披頭散髮，哭告道：「人命大如天，若老爺不與我作主，我只得到州裏告狀！」知縣只得令朱仝、雷橫二都頭去宋家莊搜捕宋江。

兩位都頭領了公文，帶着四十餘個人直奔宋家莊。宋太公慌忙出來迎接，說道：「宋江怎會窩藏在此？逆子宋江不守本分要去做吏，因此老漢數年前就告他忤逆，趕他出戶籍，而且有文件作證。」朱仝道：「這是上司差遣，我身不由己，你讓我們搜一搜，也好回覆。」

朱仝叫士兵圍住莊院，又讓雷橫監視宋太公，自己走進莊裏，把門拴緊，進入佛堂把供桌拖在邊上，揭開地板將板下的繩索一拉，只聽銅鈴一響，宋江從地窖裏鑽出來。他見是朱仝，吃了一驚。朱仝說：「公明兄別怕，我不是來捉你的。平時你同我最好，你曾對我說：『我家佛堂底下有個地窖，上面壓着供桌。』我記住了，所以找來此處。」宋江正

暗自叫苦，只聽朱仝話鋒一轉，說：「此地雖好，也不是安身之處，萬一還有人知道地窖，來這裏抓你怎麼辦？」

宋江見朱仝如此周到，便謝過他，說：「我有三個可去的安身之處，一是滄州橫海郡柴進莊上，還有便是清風寨花榮那裏和白虎山孔太公莊上。」朱仝道：「兄長快決定去哪兒，今晚就動身，切勿遲延。」宋江說：「官司的事全靠兄長了，使用金帛的事，可來宋家莊取。」朱仝說：「此事放心，包在我身上，兄長只管走吧。」

宋江謝過朱仝，再入地窖，朱仝照原樣將地板蓋上，並將供桌壓好，開門出來對雷橫說：「真的找不見宋江，我們是否要把宋太公帶回縣裏？」雷橫知道朱仝和宋江交情頗深，有心放過他。於是他也做個順水人情，說：「算了吧，宋太公出了宋江的籍，又有文件作證，我們就抄一張文書回去罷。」於是，太公隨即安排酒食打賞眾人。

原來宋江早知做官吏最難，又恐連累家人，所以早教父母告他忤逆，脫離籍冊，並預先安排好躲身之處。

朱仝、雷橫率眾走後，宋江從地窖出來對宋太公說：「今天要不是朱仝，我肯定要吃官司。現在我和弟弟宋清一塊逃難，等大赦時再回來。」宋太公說：「你們兄弟二人路上小心，有了安身之處，找個可靠的人帶封信回來。」

當晚宋氏弟兄打點包裹，拜別太公。宋江吩咐莊客小心看家，服侍好太公，這才和宋清各挎一口腰刀，各把朴刀拿

在手上，離開宋家莊投奔柴進而去。

　　再説雷、朱二都頭回到縣裏，只説抓不到宋江，把抄的公文交上去就完事了。事後，朱仝先去張文遠那裏勸他別再掀風浪；又去閻婆那兒給她一些銀兩讓她別去州裏告狀，閻婆得到銀子，也就不再追問此事。

柒

武二郎打虎殺嫂
母夜叉欣逢對手

　　宋江兄弟二人離開宋家莊便投奔柴進去了，柴進見他們到來，十分歡喜，當日擺筵席款待宋江二人。直吃到初更左右，宋江外出上廁，沿着走廊前去。

　　有個患了瘧疾的大漢正圍着火取暖，此時宋江已有幾分醉了，踉踉蹌蹌地一腳踩着火盆，盆內的炭火都濺到大漢腳上，大漢發怒，當胸把宋江揪住罵道：「你是什麼混蛋，敢來捉弄我！」宋江吃了一驚，想分辯又無從説起。幸虧柴進聞聲而來，對大漢説：「休得無禮，這位便是及時雨宋江。」

　　大漢聽後倒頭就拜，宋江慌忙將他扶起，挽住大漢的手一同到席上痛飲。原來那大漢姓武名松，排行第二，清河縣人氏，因在老家與一公差爭執，一拳將那人打昏了，他以為

那人死了，便來柴進這兒避難，前幾天打聽到那公差並沒有死，就想回老家看望哥哥，不巧又染上瘧疾，一時走不了。

宋江見武松一表人才，心中歡喜；武松久仰宋江大名，相見恨晚。眾人飲酒至三更，宋江留武松在西軒安歇。

武松和宋江相伴了十幾日，病已痊癒，不禁思鄉心切。宋江留不住他，便親自送他出發，直送到十多里外，武松朝宋江拜了四拜，兩個人就在臨別前結為兄弟。

武松穿着一件紅綢襖，戴個白范陽氈笠兒，背上包裹，提着哨棒*，和宋江分手後便朝清河縣去。他在路上行了幾日，來到陽穀縣，正是中午，走得飢渴，看見有間酒店掛着一面招旗，上頭寫着：三碗不過岡。

武松進店把哨棒放過一邊，叫道：「主人家，快拿酒拿肉來。」店主端來一大盤牛肉，斟了三碗酒。武松喝罷，說：「好酒！主人家再切些牛肉加些酒來。」店主說：「再添些牛肉無妨，酒卻是不能再添了，客官沒見招旗上寫着『三碗不過岡』麼？一般的客人喝三碗酒就醉了，上不了前面的山岡。只因這酒後勁大，雖醇香卻吃後出門就醉倒。」武松哪裏理會，只是拿出碎銀買酒買肉，前後共吃十八碗，然後拿着哨棒出門，說：「什麼三碗不過岡，我怎麼不醉！」

店主見他往岡上走，忙攔住他，說：「去不得！前面景

*哨棒：作為防身用的木棍。

陽岡有隻吊睛白額大蟲*，吃了二三十個人，過往客人必須結伴而行，你獨自去，不是枉送性命？」武松説：「這景陽岡我走過多次，幾時見過大蟲？即使真有大蟲我也不怕！」那店主連連搖頭，只得回酒店去了。

武松提着哨棒大步往景陽岡去，走了四五里，見到一棵大樹被刮了皮，上面寫着：「景陽岡上有大蟲傷人。」武松笑笑，不加理會，只顧上岡。走了半里，看見一個山神廟貼着一張印信榜文，上面寫道：

　　景陽岡上新有一隻大蟲傷害人命。過路客人可於巳、午、未三個時辰結伴過岡⋯⋯

武松這才相信真有老虎，但如果回去又怕店主恥笑，便想：「怕什麼，上去看看再説。」武松走了幾步，酒勁上來，便揭起氈笠兒，將哨棒夾在肋下，一步步上岡來。又走了幾步，酒力發作，他便把胸口敞開，跟跟蹌蹌直奔樹林，見有一塊光滑的大青石，就放下哨棒躺下來休息。剛要睡，一陣狂風颳來，只聽樹林中「噗」的一聲，跳出一隻吊睛白額虎來。

「啊呀！」武松大叫一聲，從青石翻下，拿起哨棒閃在青石邊。大蟲又飢又渴，把兩隻爪子在地上略按一按，便一撲，從半空躍過來。武松一驚，酒也嚇醒了，忙一閃，閃在

＊大蟲：老虎。

大蟲背後。大蟲把前爪搭在地上，腰胯一掀，武松又一閃，閃在一邊。大蟲火冒冒地大吼一聲，似打了個霹靂，震得山岡直抖，隨即把鐵棒似的虎尾倒豎向武松掃來。説時遲那時快，武松又一閃，避開了。

那大蟲抓人只是一撲、一掀、一掃，見這三招都不靈，只得再吼一聲，又繞回來，武松趁勢掄起哨棒，用盡全力劈下去，只聽一聲響，哨棒打成兩截，大蟲紋風不動，原來這一棒打歪了，劈在枯樹上。大蟲咆哮着又撲來，武松一跳，退了十來步，那大蟲的前爪正搭在武松面前。武松把手中的半截哨棒扔了，乾脆揪過大蟲的頂花皮按住，把腳往大蟲臉上、眼上亂踢。大蟲拚命掙扎，在身下刨出一個土坑，武松左手揪住頂花皮，將大蟲嘴按進坑裏，騰出右手用那鐵錘般的拳頭只顧朝大蟲打去，打了幾十拳，大蟲的眼裏、口中等七竅流血，動彈不得，只有喘氣的份兒。武松鬆開手，尋回那半截哨棒，又打了一陣，眼看大蟲咽了氣，方才丟了棒。他想把死大蟲拖下岡，這才發現渾身酥軟，已把力氣用盡。

武松休息片刻，見天黑了，便想，萬一再跳出一隻大蟲怎麼敵得過？一面尋了氈笠兒走下岡來。剛走了半里地，只見枯草中兩隻老虎鑽出來，武松道：「啊呀，我今天完了！」沒料到那兩隻大蟲卻直立起來，武松定睛一看，原來那是兩個披着虎皮的獵户。獵户見了武松説：「我們是毫無辦法，官府令我們上山打大蟲的，你上岡幹嗎？難道吃了豹子膽？」

武松道：「剛才我在亂樹林邊撞到大蟲，一頓拳腳將那大蟲打死了。」那兩個獵戶驚呆了，把附近十幾個埋伏着的獵戶叫攏來，拿着鋼叉、刀槍，點起火把跟武松上岡。見那大蟲真的死在那兒，眾人大喜，把大蟲綁了抬下岡。

第二日，眾鄉親都得知有個打虎英雄武松為民除害，紛紛湧來慶賀。眾人與武松吃了一早晨酒，然後抬出大蟲，把緞匹花紅掛在武松脖子上，叫四個莊客弄一乘轎子抬着武松，一起到陽穀縣裏來。

陽穀縣的知縣早聽到稟報，等在公廳裏，賜了武松幾杯酒，又把大戶人家湊集的賞錢給武松，武松推不掉，就把賞錢分給眾獵戶。知縣見武松為人忠厚豪爽，就抬舉他在當地做個步兵都頭。武松原想回清河縣看哥哥，誰料在這裏做上了都頭，一時也不能脫身。

過了幾日，武松在縣裏散步，忽聽身後有人說：「武都頭，你發跡了，怎麼不照應我一點？」武松回頭一看，那人竟是他的嫡親哥哥武大郎。武松忙拜了哥哥，問：「一年多不見，你怎麼在這兒？」武大郎說：「你不在家，清河縣就有人欺負我，只好來陽穀縣謀生。」

武大郎和武松雖是一母所生，但武松身高八尺，相貌堂堂；而武大郎卻身高不滿五尺，長得也醜陋。不久前，武大郎在清河縣娶了妻子，那女子叫潘金蓮，年方二十多歲，長得很漂亮，於是許多不三不四的人常來門前說些難聽的話，

武大郎是為了這個才到陽穀縣來過活,每日依舊是賣燒餅。武大郎早幾日聽說有個姓武的打虎英雄做了都頭,就猜那可能是武松,今日得見,自然十分歡喜,也不做買賣了,領着武松便往家趕。

武大郎帶武松來到紫石街,走到家門口,叫了聲:「娘子開門!」門簾一開,出來一個婦人,大郎忙把兄弟介紹給潘金蓮。那婦人道了個萬福,武松倒頭就拜,婦人忙扶起武松,道:「叔叔折煞奴家。」潘金蓮見了武松滿心歡喜,叫丈夫讓武松搬回家來住。武松見哥嫂如此愛護,就依從了。

一個大雪天,武松從縣裏回來,不見哥哥,卻見滿桌酒食,原來潘金蓮把大郎打發出門,只等着武松。武松並不知嫂嫂是這等人,只想等哥哥一塊回來吃,不料潘金蓮用言語勾引武松。武松大怒,推開那婦人兩眼圓睜,道:「嫂子若這樣不顧體面,惹出事來,別怪我的拳頭六親不認。」

說罷,武松便回到房間生悶氣。不一會,武大郎回來,潘金蓮就來個惡人先告狀,哭哭啼啼地說武松欺侮她,武大郎怎肯相信?去叫武松,只見武松捲起行李要回縣裏。武大郎有心留住兄弟,但拗不過恨透武松的潘金蓮,無奈何,只能悵悵地看着兄弟搬走。

再說陽穀縣知縣已上任兩年半,賺了好些金銀,想派人送到東京交給親戚收藏,又怕路上被人打劫,左思右想,覺得武松是最可靠的人選,便召武松商議。武松不好推辭,當

下便答應第二日就出發去東京。

　　武松出了縣衙，直往武大郎家去，恰好哥哥賣完燒餅回來。武松便看着哥哥說：「兄弟要去東京辦事，兩個月左右才回來。哥哥為人懦弱，我不在家時你每日早早回家，若有人欺負你，先別與他爭執，等我回來再說。」武大郎說：「兄弟早早回來。」說着不由淌了淚。武大郎送兄弟到門口，臨出門，武松又叮囑道：「哥哥，別忘了我的話。」

　　自武松走後，武大郎牢牢記住兄弟的話，每日晚出早歸，誰料潘金蓮卻對此不滿。潘金蓮自從嫁給武大郎，一直嫌他生得矮醜。一日，潘金蓮到門前叉簾子，失手將簾子打在一個過路人的頭上，那人姓西門名慶，人稱西門大官人，開個生藥舖，有些錢財。西門慶本想發作，忽見潘金蓮有幾分姿色，不由起了邪念。西門慶找來武大郎隔壁的王婆為他牽線，王婆收下西門慶的銀子，極力為這對男女作中間人，而且，這潘金蓮也對西門慶有意，兩個人很快就有了私情。

　　這天，潘金蓮又去王婆那兒和西門慶幽會，正巧賣果品的鄆哥去那兒賣梨，撞見王婆在為那對男女守門。王婆見鄆哥，就趕他走。鄆哥早聽到別人在議論王婆幹的勾當，於是就罵王婆道：「你這老豬狗，看我收拾你？」罵罷便到街上找到武大郎，把王婆包庇這對男女姦情的事一五一十地告訴武大郎。武大郎怎忍得下這口氣？立即衝到王婆處捉姦。西門慶倉惶從房裏鑽出，不等武大郎來抓，先飛起右腳踢中武

大郎心口。武大郎被踢得口吐鮮血臥牀不起,那潘金蓮卻毫不收斂,每日濃妝艷抹,偷偷去會西門慶。武大郎實在氣不過,對潘金蓮說:「你若再如此,待我兄弟回來就不饒你。」

潘金蓮把這話告訴西門慶和王婆,三人都懼怕起來。於是商議由潘金蓮將砒霜倒在藥湯內,騙武大郎喝下,武大郎掙扎一番便氣絕身亡了;那之後,西門慶又拿些銀子讓團頭何九叔將屍體和棺材火化掉,便以為萬事大吉。

不久,武松從東京歸來,急着去見哥哥,一推開門,卻見一靈牌,上面寫着:亡夫武大郎之位。武松驚呆了,便叫:「嫂嫂!莫不是我眼花了?」

那西門慶正在樓上,聽到武松聲音,嚇得魂飛魄散,慌亂地從後門溜往王婆家去了。潘金蓮忙洗掉脂粉,換上孝裙孝衫,從樓上假哭着下來。

武松道:「嫂嫂休哭!我哥哥是怎麼死的?」潘金蓮說:「你哥哥得的是心痛病。」武松又問:「哥哥如今埋在哪裏?」潘金蓮哭着說:「我獨自一人哪裏去尋墳地,只得讓何九叔去燒化了。」

武松沉吟片刻,便去換了套素淨衣服,打一根麻繩繫在腰裏,身邊藏一把解腕刀,又去買了些米麵和香燭冥紙,然後在靈牌前點起燈燭,安排羹飯,隨即拜倒在地,放聲大哭,道:「哥哥在世時軟弱,死得又不明不白。若你是讓人害了,兄弟定替你報仇。」潘金蓮在一邊聽了十分害怕,只

是假哭。

第二天清晨，武松便去找何九叔。兩個人在酒店喝了數杯酒，武松突然撩開衣服，拔出尖刀插在桌上，説：「冤有頭，債有主，只要你把哥哥的死因告訴我，我絕不找你麻煩。」

何九叔早知道會有武松找上門的這一天，所以在發現武大郎的屍體七竅有瘀血、唇上有齒印時心裏就有了準備，在殮屍時暗藏了兩塊骨頭。他把兩塊酥黑的骨頭交給武松，並告訴武松武大郎是被毒死的。

武松收下武大郎的遺骨，又找鄆哥查明姦夫西門慶以及王婆的惡行。人證物證俱全後，就寫了狀紙和遺骨一併送交知縣。當日西門慶得知風聲，派人來知縣那兒送銀子。知縣收了錢財，便把狀紙和遺骨還給武松，只説此事難以查證。武松見知縣不准告狀，就收了遺骨，來到紫石街。潘金蓮獨自在家，她剛聽説武松在知縣那兒碰了釘子，便神氣地坐在那裏。武松見了，怒不可遏，強忍着叫人置辦酒席，只説是哥哥辦喪事時打擾了眾人，特備酒菜謝過街坊，叫王婆等人都來喝酒。

喝了幾杯，武松猛地拔出尖刀，將潘金蓮和王婆揪到靈牌前，威嚇那潘金蓮。潘金蓮這才一五一十地如實招來，武松聽罷，大叫一聲：「哥哥！」手起刀落，只一刀就將潘金蓮的頭割下來。武松讓眾鄰居守住王婆，自己去找西門慶。西門慶正在酒樓作樂，武松上前把西門慶肩胛一提，將其拋

出酒樓，隨即跳下樓，將西門慶的頭也砍下來。

　　武松提着人頭回到紫石街，將這兩個姦詐之徒的頭做祭品，擱在靈牌前。祭完哥哥，武松提着兩顆人頭，押着王婆去縣衙自首。知縣忙升堂，何九叔及眾鄰居都出來作證，案情很快就一清二楚。

　　知縣念武松是個剛烈漢子，又念其去東京送金銀有功，便故意避重就輕，將罪狀寫輕後上報。不久，上頭判下批文：王婆死罪；武松脊杖四十，刺配二千里外孟州牢城。

　　武松戴上行枷與兩個押送的公差往孟州去，兩個公差知道武松是個好漢，一路上小心服侍，武松見他們如此，路過酒店便常常買酒買肉與公差共吃。走了二十多天，來到十字坡，那坡上有一株四五個人也圍不住的大樹，樹邊有家酒店，一個婦人倚在門口招呼道：「客官，本店有好酒好肉，還有好大的饅頭！」

　　那婦人穿着綠紗衫，頭上插着一頭釵環，鬢邊插着野花。她把那武松等人迎進店中，托出兩盤肉、一籠饅頭，又一連斟了四五巡酒。武松想起曾聽説過十字坡酒店殺人劫財，便拿過個饅頭叫道：「酒家，這饅頭是人肉餡的，還是狗肉餡的？」那婦人説：「客官，這是甚麼話！」

　　武松讓那兩個公差暫且把行枷去掉，故意問：「酒家，有甚麼別的好酒，端出來讓我們吃幾碗！」那婦人心裏暗笑，便去裏面取出一壺顏色渾濁的酒給他們斟上。兩個公差一飲

而盡，武松卻支使婦人切些肉來，待她一轉身，武松就將酒潑在角落裏，假意咂着舌頭説：「好酒！好酒！」

那婦人怎麼會去切肉？在裏面轉一圈便出來拍着手叫：「倒了！倒了！」那兩個公差天旋地轉，撲倒在地，武松也佯作被麻醉，歪倒在地。婦人叫來兩個伙計，先將兩個公差扛進裏面。伙計再來搬武松時，武松直挺挺在地上，他們怎麼也扛不動。婦人只得親自出馬，哪料武松大喝一聲，翻身跳起將婦人壓在地上，婦人掙扎不得，只得大叫：「好漢饒我！」

這時，恰巧店主人挑着柴回來，忙過來道：「好漢息怒，饒了她吧。」武松看了那人一眼，那人又問：「請教好漢大名！」當那人聽説眼前這位便是景陽岡打虎英雄武松時，倒頭就拜。

原來那店主人叫張青，那婦人是他的老婆，人稱「母夜叉」的孫二娘。張青也是個江湖上的好漢，是魯智深的結拜兄弟。當下，張青讓母夜叉過來與武松相見了。武松見這對夫婦仗義，忙叫他們快救這兩個公差。母夜叉調了一碗解藥，張青扯起公差的耳朵灌進去，兩個公差過了半個時辰就醒來，説：「真是好酒，吃了就醉，回來再買這酒喝！」眾人聽了都大笑起來。

次日武松要走，張青哪裏肯放？一連留武松住了三日，好酒好菜款待；武松也感激張青，兩個人結拜為兄弟。武松走的那日，張青夫婦灑淚送別。

捌

武都頭醉打蔣門神
張都監血濺鴛鴦樓

　　武松到了孟州牢城，州尹將他發落在「平安寨」牢營。武松剛到，就有些囚徒來看他，勸他道：「好漢，若有銀兩就送些給差撥，否則，新到的犯人都要吃一百下殺威棒，使些銀兩，可以少受些罪。」那些人話音剛落，差撥就走來罵武松道：「你好不識時務，難道還要我開口問你要銀子？」武松説：「我的錢財要留着自己買酒喝，你想要我送人情給你？半文錢也沒有，只有拳頭能送你。」那差撥大怒而去。

　　眾囚徒都為武松捏一把汗，不一會，來了三四個人把武松帶到點視廳前，管營下令打武松一百殺威棒。武松説：「要打便打，我若是躲閃一棒的，就算不得好漢！打得毒些罷，免得我不快活。」軍漢舉起棍正要打，管營身邊有個年

輕人俯下身在管營耳邊說了幾句話，只見管營讓軍漢停住，說：「新到的囚徒武松到這裏的途中得了病，暫時把這頓殺威棒押後再打。」武松說：「我不曾生病，一路上酒肉吃得，路也走得。」然而這管營不由分說，吩咐手下將武松送回牢營。

囚徒們見武松未送人情卻免了殺威棒，都猜測管營不懷好意，怕是要在晚上結果武松的性命，牢營裏這種事多的是。

一會兒後有人托了個盒子送來一大壺酒、一盤肉，只說是受管營吩咐。武松暗想：先吃了再說，看他怎麼對付我！便將酒一飲而盡，肉也吃個精光。不多時，那人又提了洗浴水來。武松想：不洗白不洗，我也不怕他。便痛痛快快洗了浴，倒頭就睡。

這以後，那人仍是天天送酒菜來，還給武松換了個潔淨的房間，像招待上賓那般殷勤周到。武松見其他囚徒都在露天做苦工，惟有自己處處受優待，也並不見那管營來害他，不由疑惑起來。當日那人又來送酒菜，武松就問：「究竟是誰叫你每日送酒送肉來的？」那人說：「是管營的公子施恩吩咐的。」武松便叫那人去請施恩來相見。

施恩就是那天站在管營身邊的年輕人，他聽了傳話就趕過來，看見武松便拜。武松道：「你求情免了我一百殺威棒，又如此相待，這究竟為何？武松不願無功受祿。」施恩不肯

說明，只請武松養息三五個月後再說。武松哈哈大笑，說：「難道我沒力氣了？」說罷便將個四五百斤重的石墩抱起，往空中一扔，拋上去一丈來高，又雙手接住，輕輕送回原地安放。施恩忙拜倒在地，道：「兄長並非凡人，是天神！」

施恩將武松請到私宅堂上坐下，這才告訴武松，他在快活林有家很賺錢的酒店，最近本營新來了個張團練，帶來一個叫蔣忠的人，蔣忠身高九尺，外號「蔣門神」，又有一身好本事，他佔了施恩的快活林酒店；施恩不服，蔣門神就拳腳相加，將施恩打得兩個月起不得牀。施恩久聞武松是個英雄，所以想求武松為他出這口氣。

武松聽後怒火沖天，道：「我生平就愛打那些缺德的豪強。」說罷便要動身找蔣門神算帳，老管營出來，讓手下人搬出酒餚果品，親自為武松斟酒，武松暢飲，一醉方休。

施恩父子見武松喝多了，就謊說第二日蔣門神不在家，想讓他恢復元氣後再行事。武松得知後，道：「沒有酒，如何使得出手段！讓我打蔣門神，必須在去快活林的路上，走過一個酒店便讓我進去喝三碗。」施恩父子只得答應。

第二日天明，施恩叫兩個僕人先挑着酒菜在前面等待，武松每到一個酒店，那兩個僕人已先安排好菜餚，斟好三碗酒。一路上路過十二三家酒店，武松每次都喝上三碗。快到快活林時，武松已有七分醉，卻裝作十分醉的樣子。他讓施恩和僕人留步，自己東搖西歪地朝蔣門神酒店走去。

　　酒店外的樹林裏，有個大漢拿着蠅拂子*在槐樹下乘涼，他披着白布衫，滿臉橫肉，武松暗想：此人定是蔣門神。武松沒同他理會，直朝酒店走去。酒店內，一字兒擺着三隻大酒缸，櫃台裏坐着個年輕的婦人。武松進去，敲着桌子說：「打兩角酒！」婦人舀了酒讓酒保送上，武松聞聞，搖頭說：「不好！不好！」酒保讓婦人換了一碗酒端過去，武松提起來呷一呷，叫道：「快換，這酒也不好！」酒保沒法，只好又讓婦人換了一碗上好*的酒。武松又說：「這酒店為何姓蔣不姓李？」那婦人聽見，便罵起來，武松也不惱，令那婦人來陪酒。酒保忙對武松說：「別胡來，那是主人家的娘子。」武松叫道：「我就要主人家的娘子來陪酒！」

　　婦人聽了大怒，罵道：「該死的賊！」一邊從櫃台後準備出來。武松卻一把拿過婦人，提起來往酒缸裏一扔，只聽「撲通」一聲，那婦人便被泡在酒裏。酒保們見狀，圍過來要拿住武松，武松提起一個酒保，倒栽進酒桶；又拿過另一個酒保泡在酒缸裏。他見其餘幾個酒保奔出去找蔣門神，就想：在大路上打這廝更好看，便大踏步趕出去。

　　蔣門神聽酒保如此這般一說，氣得丟掉蠅拂子走出樹林，正好遇上武松迎來。蔣門神見武松醉醺醺的，就搶過來一腳，武松虛讓一步，便飛起一腳，踢中蔣門神的小腹，蔣

*蠅拂子：趕蒼蠅的掃子。
*上好：形容質量很好。

武都頭醉打蔣門神　張都監血濺鴛鴦樓

門神按住肚子蹲下去，武松又一腳，直踢蔣門神額上，蔣門神往後便倒，這一招名喚玉環步、鴛鴦腳，是武松平生的真才實學，非同小可；武松又追上一步，踏住其胸脯，提起醋缽大小的拳頭，往蔣門神頭上打，直打得蔣門神臉青嘴腫，脖子歪在半邊，在地上求饒。

武松說：「若要饒你性命，只要依了這三件事：第一，將酒店還給施恩；第二，把本地的頭面人物請來，你當着眾人認錯；第三，你連夜回鄉，不許在孟州住。否則，我武松見一遍打你一遍。」

蔣門神聽這好漢就是武松，就拚命叫：「蔣忠都依了好漢。」然後，掙扎爬起，將娘子從酒缸扶起，只見那婦人的頭磕破了，裙子上拖着酒漿。蔣門神當下將酒店還給施恩，請來十多個頭面人物當面認錯，隨後收拾行李，帶着婦人走了。

施恩奪回酒店，重整買賣，並將武松留在店中，似爹娘一般敬重。這樣過了一個多月，一天，店門前來了兩三個軍漢來找武松，只說張都監請武松去一趟。那張都監是老管營的上司，施恩攔不得，只得讓武松去了。

武松到了張都監宅上，拜了張都監，張都監就說：「我早就聽說你是個大丈夫，想收你做個親隨。」武松無法推辭，就謝了張都監，留在那裏，張都監對他十分厚待。

中秋節那日，張都監在後堂深處鴛鴦樓下安排筵席，叫

武松也去；張都監叫人取來大銀寶盅接連向武松勸酒，武松痛飲，喝得半醉；張都監又喚來漂亮的養女玉蘭，只説要擇個良辰將玉蘭給武松做妻室；武松又飲了十多杯，怕醉後失禮，便告退回房，那時約三更時分。

武松在房前練一會棍棒，正要去睡，忽聽見有人叫道：「有賊！」武松想報答張都監，忙提着哨棒走出，只見玉蘭慌慌張張過來，説：「賊人在花園內！」武松便大踏步趕入花園，尋了一圈卻不見賊人，便轉身出來，不提防黑影裏撇出一條板凳，將武松絆倒，隨即圍來七八個軍漢，將武松綁個結結實實。武松忙説：「是我！」可沒人理睬，眾人只説：「賊人抓住了。」

軍漢們一步一棍把武松打到廳前，張都監坐在庭上，變了臉，怒罵道：「我抬舉你，你倒做出這種勾當！」武松大叫道：「我是去捉賊的！我武松頂天立地，怎會做賊！」張都監只顧讓軍漢去武松房裏搜尋臟物，結果在一個柳條箱裏竟搜出張都監家的金銀器皿，武松見了，目瞪口呆，無從分辯。

原來這是張都監用的詭計，他本是蔣忠的老相識，特地陷害武松，為蔣忠報仇。這時他將武松押到縣府去，縣官也給他收買了，硬是説武松犯了重罪，收禁監裏。

施恩聽説武松被冤枉，就東奔西走，給武松説情，最後，爭取了被判流配溫州。

武都頭醉打蔣門神　張都監血濺鴛鴦樓

　　武松被押到城門口，施恩前來送行。卻見施恩的頭和手都受了傷，綁着繃帶。武松問他為何落得這個樣子，他説：「我又被蔣忠趕出來了，這不勞你操心。這裏有一些銀兩、衣服和乾糧，給你在路上用，得多多保重啊！」

　　施恩想請武松進酒店喝酒，兩個公差惡言相罵，施恩只得討兩碗酒讓武松吃了，把兩隻熟鵝掛在行枷上，悄悄地叫他提防這兩個公差。武松別過施恩，邊走邊把兩隻熟鵝吃光。離城約八九里地，只見前面走着兩個人，提着朴刀，鬼鬼祟祟地與兩個公差遞眼色。武松看在眼裏，走到橋邊，假意解手，用腳將兩個走近的公差全踢下水去，撿過朴刀殺了他們。那兩個漢子想逃，武松趕去一刀砍倒一個，將另一個揪住，道：「你照實説！」那漢子説：「是蔣門神要我們來殺好漢的，他們幾個正在鴛鴦樓吃酒。」武松聽罷，也賞了那人一刀。隨後，奔回孟州城來，悄悄潛入張都監府中。

　　鴛鴦樓上，張都監、張團練和蔣門神三人正在痛飲。蔣門神道：「虧得相公為我報仇！」張都監説：「不是看在兄弟張團練面上，我才不管這事。」張團練説：「那四個人殺了武松也該快回來報信了。」

　　武松聽到，火氣直沖三千丈，快步闖進去，那三個見是武松，嚇得魂飛魄散。蔣門神剛想掙扎，武松一刀剁下，連人帶椅子全砍翻了。武松回過身，又一刀砍中張都監。張團練見逃脱無望，便提起一張椅子朝武松擲去，武松接住，就

勢一推，隨即補上一刀，血濺鴛鴦樓。武松割下三個惡徒的人頭，拿起桌上的酒盅連吃幾盅，然後蘸着血，去白牆上寫了八個大字：殺人者，打虎武松也。

武松出了這口惡氣，提着朴刀往東沿小路走了一夜。困倦無比，便在一個小古廟倒頭昏睡，沒想正遇上張青的伙計。張青夫婦就聽說武松來了，欣喜萬分；母夜叉孫二娘親自下廚安排佳餚美酒款待武松。夫婦二人留武松住了幾日，後來風聲緊了，發現附近有公差在四處打探武松的下落，張青就勸武松去投奔他的結義兄弟魯智深。

原來，那魯智深護送林沖到滄州之後，高俅恨透了魯智深，吩咐寺裏長老將魯智深趕出寺門，隨後便要捉他。魯智深逃在江湖上，路過十字坡，與張青結義為兄弟；一日又在樹林與丟了生辰綱正走投無路的楊志巧遇，兩人一起上了二龍山，火併了那裏的寨主，在那兒霸着一方落草為寇。

武松臨行前，張青夫婦又讓他扮成行者。武松用長髮遮住臉上的金印，躲過公差的捕捉，直往二龍山寶珠寺入夥。

玖

宋公明吟詩惹禍 梁山漢勇劫法場

　　宋江自從投奔柴進後，在柴進莊上住了半年，他惟恐父親宋太公惦念，就讓兄弟宋清回去陪伴父親。不久，白虎山的孔太公來柴進莊上做客，見了宋江，便接他去白虎山小住。宋江在孔太公寨裏住了一陣，想起附近清風寨的副知寨花榮屢屢來信請他去，便獨自往清風寨找花榮去了。

　　途中，宋江只顧看秀麗風景，不想讓一根絆腳索絆倒，讓清風山寨主燕順一夥當奸細擄去。宋江估計這番必死無疑，便長歎一聲：「宋江死在此太可惜了！」燕順早聞宋江大名，一聽忙把繩索解開，跪下拜見宋江，還留宋江住了幾日。一天，燕順手下的王英從大路搶來一個去上墳的女子，想強娶為妻。宋江打聽到那女子是清風寨知寨劉高的妻子，

便念及她是花榮同僚的夫人，勸說燕順把她放走，那婦人下山前對宋江千恩萬謝。

不久，宋江到了花榮那裏，花榮大喜，款待宋江。元宵節那天，宋江去清風鎮賞燈，不料讓那婦人認出，婦人便對劉高説：「那黑矮漢子就是清風山劫我的賊首。」劉高便將宋江綁起，花榮聞訊，向劉高要人，劉高怎肯交出宋江？反而向上司慕容知府報告説花榮通賊匪，知府派兵抓了花榮，和宋江一起押往青州府。幸虧途中讓燕順一夥行劫，救下二人。花榮想起這劉高一向為非作歹，就捨棄了詰命，將劉高夫婦全殺了，由宋江領頭，與燕順一夥同去梁山泊入夥。

行了數日，宋江在酒店巧遇一個叫石勇的大漢，説宋清有一封家信要託他帶給宋江。信中説宋太公已染病身亡，宋江看了，捶胸大哭，當即給晁蓋寫了推薦信，讓燕順拿着信帶領眾人上梁山，自己星夜起程回鄆城奔喪。

宋江趕至家中，宋太公卻好端端地在家中。原來太公惟恐宋江落草，所以用信將宋江召回。正在合家團圓的時候，不想，半夜裏，鄆城縣新來的兩個都頭，聞訊後帶着兵抓獲了宋江。

宋太公使用金帛上下打通關係，加上不久前朝廷冊立皇太子，下過一道赦令，況且原告閻婆也已死了，所以府尹只判宋江脊杖二十，刺配江州牢城。

宋江灑淚拜別父親，宋太公吩咐宋江，途中經過梁山泊

時，不得上山落草。宋江於是便請押送他的公差繞道過去，不曾想，仍在途中被等待着的劉唐和新來梁山泊入夥的花榮截住。

宋江一行被請上梁山，到聚義廳與晁蓋和眾頭領相見。酒至數巡，晁蓋等人力勸宋江留在山寨，宋江道：「宋江不能做不忠不孝之人，如要我在此落草，我情願死在眾位面前。」宋江在山寨住了一晚，第二日執意下山，晁蓋、吳用無法勉強，只得安排筵宴送行。臨行前，吳用寫了一信交給宋江，讓宋江把信送交江州押牢節級戴宗。

不久，宋江和兩個公差到達江州，江州的知府蔡得章是蔡太師蔡京的第九個兒子，人稱蔡九知府。此人貪婪驕奢，他看了宋江一眼，便讓人將宋江解押牢城營裏。宋江到了營裏，便送了些銀子給差撥、管營等人，營裏上下都喜歡他。有一天，他終於見到了那位節級戴宗，便把吳用的信交給他。

戴宗能日行八百里，人稱「神行太保」。他一向敬仰宋江，便請宋江喝酒，兩人對酌，才飲了幾杯，只聽樓下喧鬧起來。戴宗問酒保：「那是誰在作鬧？」酒保道：「是黑旋風李逵硬要向主人借錢。」戴宗下樓把李逵叫上來。

李逵是沂州百丈村人，因為打死人，逃走出來，正遇上大赦，才來這裏當個牢子。李逵聽説眼前的陌生人是宋江，便拍着手叫：「你何不早説，好教我喜歡！」説完翻身便拜。三人喝了會酒，宋江見李逵等着銀子去贖回東西，就借給他十兩銀子，李逵十分感激。

一日，宋江用過早膳，入城尋找戴宗，不巧戴宗已鎖門出去；又去找李逵，李逵也不見人影。宋江便去酒店，點了些肥羊、嫩雞，要了一瓶好酒獨自飲起來，漸漸醉了，想起自己的境遇，不由潸然淚下。他叫酒保找來筆硯，在那白粉壁寫道：「心在山東身在吳，飄蓬江海漫嗟吁。他時若遂凌雲志，敢笑黃巢不丈夫！」寫罷，宋江又去後面寫上五個大字：鄆城宋江作。然後付了酒錢，回營裏倒頭便睡，全然忘了題詩的事。

再說江州城對岸住着個叫黃文炳的人，此人心胸狹窄，嫉賢妒能，他時常過江來蔡九知府那兒奉承，想弄個一官半職。這天，他也來到酒樓消遣，讀了宋江的詩，便想：「這不是反詩麼？」他急急抓住這個機會，把詩抄下來，親自去進謁知府，問他京都最近有沒有發生變亂，知府說：「大變沒有，只是民間流行一首歌謠：『耗國因家木，刀兵點水工，縱橫三十六，撥亂在山東。』」

黃文炳連忙接上說：「這就是了，這民謠完全應在這首反詩的作者身上。家頭裏個木，就是宋，水和工便是江，說明他會在山東造反的。」

蔡九知府點頭稱是，就把戴宗召來，要他捉拿宋江。

戴宗心裏叫苦，忙叫那些公差回家取武器，自己用神行法速到宋江處告知情況。

宋江聽後，說：「我這回死路一條了。」戴宗說：「仁

兄可以披亂頭髮，把糞尿潑在地上裝瘋，這樣我便能將這事搪塞過去。」宋江領悟。不一會，戴宗領人來了，宋江就披頭散髮，倒在糞坑裏滾，見了眾人，白着眼罵：「我是玉皇大帝的女婿，丈人令我領十萬天兵來殺你們這些江州人！」眾人一見宋江是個瘋子就沒抓他，去向蔡九知府報告。蔡九知府本想再問幾句，黃文炳在一邊說：「寫這反詩的人，絕對不是瘋子！」蔡九知府就下令把宋江押來，戴宗無奈，只得將宋江用一個大竹籠抬到州府，當廳放下。宋江不肯跪，只是叫道：「我是玉皇大帝的女婿，丈人令我引萬天兵來殺江州人！」弄得蔡九知府毫無辦法。

不料，那黃文炳又生出一計，把管營、差撥叫來追問，眾人都說，近日才見宋江發瘋。蔡九知府大怒，讓人將宋江打個皮開肉綻。宋江捱不住，只得招供：自己醉了酒，誤寫反詩。知府取了招狀，下令將宋江上了死囚枷，收禁在大牢內。

官迷心竅的黃文炳又對蔡九知府說：「請寫一封信把這椿大事報告京師請功，若太師要活的，就把宋江用囚車解去；若要死的，便就地把宋江殺了。」蔡九知府想到正好要給父親送生日禮物，連連稱好，就寫了封信，再備上金銀珠寶，讓戴宗速去東京送書信禮物，並討回太師的回書。

戴宗不敢推脫，只得把照顧宋江的事託付給李逵。李逵說：「哥哥放心去吧。」戴宗走後，李逵果然每日寸步不離宋江，悉心照顧。

再説戴宗離了江州，途經梁山泊朱貴的酒家，又飢又渴，便進去要了一碗豆腐，令酒保斟三碗酒，不料剛吃完，就覺天旋地轉，倒在地上。這時，朱貴出來，從戴宗身上搜出那封蔡九知府寫給蔡太師的信，拆開一看，知道了宋江的處境，又見送信者掛着宣牌，雕着「戴宗」二字。朱貴知道吳用有個心腹弟兄叫戴宗，於是就給他喝了解藥。

戴宗醒來，見朱貴拿着拆開的信，大怒，道：「你好大膽，用蒙汗藥麻醉我，還私拆太師書信！」朱貴說：「那信要害掉宋江性命的。」戴宗拿過信看後大驚，忙跟着朱貴一同上梁山泊商議救宋江之事。到了寨中，眾人聚在一起商議，吳用想出一條妙計，找一個能模仿蔡太師筆跡的人寫封假信，讓蔡九知府解宋江進京，途中便可將宋江搶上山。

戴宗忙去濟州找到兩個能模仿蔡京筆跡和刻蔡京印章的人，說服他們到梁山入夥，讓他們以蔡京的字跡回書並蓋上圖章。隨後，戴宗便用神行法帶着信日夜兼程趕回去。

那戴宗走後不久，吳用警覺圖章可能出了漏洞，想追戴宗卻已來不及了。晁蓋擔心宋江和戴宗性命難保，吳用急中生智，在晁蓋耳邊說了幾句話，晁蓋才轉憂為喜。

那蔡九知府收了回書，就將回書給黃文炳觀看，黃文炳一看那圖章，便斷定這是假信，蔡九知府便召來戴宗，盤問道：「太師府前接待你的守門人長得什麼樣？」戴宗從未去過太師府，哪裏答得上來？蔡九知府大怒，下令拷打戴宗，

還下令來日將宋江、戴宗押赴市曹斬首示眾。

到了行刑那日，獄卒將宋江和戴宗推出牢門，兩位好友面面相覷。獄卒將他們押到市曹，只等午時三刻開刀。這時，法場邊人頭攢動，東邊有一羣玩蛇人硬要擠進法場，士兵們打都打不退。西邊也有一夥玩槍棒的人與士兵吵鬧。南邊和北邊，有客商推着車子，挑着擔子要擠過來……法場亂成一片。

午時三刻到了，兩個劊子手便去開枷，行刑人手執法刀站在邊上。突然，一個客商拿起一面小鑼，站在車上噹噹敲起來。四周的看客們立刻聞聲而動，亮出武器。正在此時，聽得一聲吼叫，只見十字路口茶坊樓上跳下一個彪形黑漢，手起斧落，將那兩個行刑手砍翻，邊上的士兵忙護着站在那裏的蔡九知府一同逃走了。

那黑大漢正是李逵，而那夥客商看客卻是梁山好漢扮的，他們衝進去背起宋江和戴宗，一路殺出法場，又跟着李逵殺出濟州城，到江邊的廟中暫作整頓。宋江謝過晁蓋等人救命之恩，又將李逵介紹給眾人。眾人見未抓獲黃文炳，怒氣難消，便又去黃家燒了房宅，李逵把黃文炳殺了。

當日，晁蓋、宋江和眾好漢就喜氣洋洋上了梁山。回到山寨，眾好漢重排座次，晁蓋依舊被推上第一把交椅，宋江排了第二，吳用、公孫勝等也一一依次排定座次。不久，公孫勝因為母親年老，就辭別了大家，回家鄉省親去了。

假李逵荒林劫客　真李逵沂嶺殺虎

　　宋江上梁山入夥不久，就將父親宋太公接至山寨，晁蓋讓人安排筵席，殺牛宰羊慶賀宋江父子團圓。李逵見了大哭起來，對宋江說：「你的爹接上山來快活，我的娘卻在村裏受苦，我去把娘接來快活一會也好啊。」宋江就說：「你要去，得依我三件事：第一快去快回，不可喝酒；第二獨自悄悄地去；第三別把板斧帶着。」李逵叫道：「這三件事有什麼依不得！」當即挎一口腰刀，提條朴刀，帶了些銀子就別過眾人。

　　李逵行至沂水縣西門外，見一羣人圍着看榜，擠進去聽人在說：「賞一萬貫錢捉拿宋江，賞五千貫捉拿戴宗，賞三千貫捉拿李逵。」李逵聽了，正要指手劃腳，被人一把攔

腰抱住拖到一個僻靜酒店。原來那人就是朱貴，進的酒店便是他兄弟朱富所開的。朱貴道：「你怎可在榜下站着？教人認出豈不麻煩？宋公明哥哥怕你在路上作怪，特令我來跟蹤的。」朱富置酒款待李逵，李逵直喝到四更時分才動身回百丈村。朱貴説：「不要走小路，那裏有大蟲，又有賊人。」李逵説：「我怕過誰？」只顧從小路走。

走到一片荒林邊，只見轉出一個大漢，喝道：「留下買路錢！」那人手裏拿着兩把板斧，臉上搽着黑墨。李逵大喝一聲：「你是什麼人，敢來這兒劫我！」那人説：「我是黑旋風李逵！」李逵挺着朴刀奔來，那人哪裏抵擋得住，讓李逵一下打翻在地。李逵踏着漢子的胸脯喝道：「我便是黑旋風李逵，你竟敢盜用我的大名做賊！」漢子求饒道：「我叫李鬼，只因黑旋風在江湖上有名，能嚇碎過客的心膽，我才盜用得些銀兩養家。我家中還有九十歲的老母，你殺我，老母必會餓死。你若放我，我便從此洗手不幹！」李逵雖是殺人不眨眼，但聽到這話倒下不了手，給了李鬼一錠銀子，説：「你有孝順之心，我饒你罷，這銀子給你做改業的本錢。」李鬼倒頭便拜，接過銀子去了。

李逵又走了一程，又飢又渴，只見山凹裏有兩間草屋，便奔那兒去。草屋後走出個婦人，搽着一臉脂粉，李逵説：「大嫂，我是過路人，肚中飢渴，又尋不到酒店，你能賣些酒食給我嗎？」婦人説：「酒沒有，飯可以做給你吃。」婦

人便在那爐灶升起火，然後淘米做飯。李逵去屋後淨手*，只見那李鬼從山後一瘸一拐過來。李逵忙躲在屋後，只聽李鬼進門便對婦人説：「今日晦氣，撞見那真的李逵，那廝要殺我，我假説家中有九十歲老母要供養他才放了我。」婦人忙説：「輕點，剛才有個黑大漢讓我做吃的，肯定是他！你去弄點麻藥放在菜裏，麻醉了他，殺了後謀他錢財，我們夫妻便有銀子搬到縣裏去住。」

李逵聽了，道：「我饒了他，還送他銀子，他倒要害我！」轉到門邊，正巧李鬼探出頭來張望，李逵將他一把揪住按翻在地，拔出腰刀把他殺了。再找那婦人，婦人早逃得不知去向。李逵進屋見飯熟了，盛來吃飽，把李鬼的屍首拖入屋裏，放了把火，提着刀往山路走去。趕到家時日已偏西，推門進去，只聽娘問：「誰來了？」李逵見娘雙眼都瞎了，正坐在牀上唸佛，就説：「娘，是我！」娘見日思夜想的兒子回來十分歡喜，原來自從李逵走後，娘眼淚哭乾，因此瞎了雙目，李逵的哥哥在外做長工，每日送飯回來給娘吃。

李逵説：「娘，我接你去過快活日子！」娘説：「等你哥來了商量再説。」李逵不願久留，背起娘要走，正巧李逵的哥哥李達提着罐子來送飯，見了李逵就罵：「你回來幹嗎？你在江州鬧完事去梁山泊做強盜，官府的公文已下到這兒，

*淨手：小便之意。

你來這兒想連累我嗎？」李逵説：「哥哥休怒，隨我一起上山多好！」李達哪裏要聽，放下飯罐就走。李逵知道哥哥是去叫人捉拿自己，就在牀上留下一錠五十兩大銀子，心想：哥哥見了銀子，不會再趕來追我。李逵當下背起娘，提着朴刀抄小路便走。

再説李達叫了一羣莊客趕到家中，不見母親和弟弟的蹤影，只有一錠大銀。李達想：「弟弟有那麼多銀子，必是通了梁山泊，不如隨他將娘帶走吧。」於是對莊客們説：「他逃走了，這兒小路甚多，怎麼追啊！」眾人也就散了。

李逵背着娘走上僻靜小路，到了沂嶺腳下天色已晚，得捱過沂嶺才有人家。李逵只能背着娘一步一步上嶺，娘眼瞎，不知早晚，就説：「我兒，渴殺*我了，弄口水給我喝。」李逵説：「要翻過這沂領才能找個店安歇。」娘説：「我口渴得受不住，快給我水。」李逵見已到了嶺上，就安排娘坐在樹下的大青石上，將朴刀插在邊上，説：「我去尋水給你！」

遠處有水的響聲，李逵一路尋去，彎了幾個山腳才找到小溪，李逵捧些水喝了，尋思着拿什麼裝水給娘喝。東張西望，見山頂有個庵堂，走去把庵堂前的香爐拔下來，又回到溪邊洗淨香爐，裝着溪水按原路回來。

*渴殺：指十分口渴。

　　到了大青石邊，只見朴刀插在那兒卻不見了娘，李逵急得扔下香爐，邊喊娘邊在四周尋找。走了不到三十步，見到草地上團團血跡，李逵心驚肉跳地跟着血跡尋去，只見一個大洞口，有兩隻小老虎在舔一條人腿。李逵悲愴地想：我千辛萬苦地來接老娘，不料娘落虎口！李逵挺起朴刀，怒髮衝冠，向兩隻小老虎衝去，那畜生張牙舞爪迎來，李逵一刀一隻，都殺了，隨後鑽進洞伏在裏面。一會，母大蟲往窩裏來，牠先把後半截身體拖進洞裏，李逵抽出腰刀，捨命往母大蟲肛門內戳去，母大蟲大吼一聲，帶着刀逃出去，李逵拿着朴刀追出去，母大蟲跳下山崖喪了命。

　　突然，樹林颳起了一陣狂風，枯枝敗葉全像落雨一樣打下來，起風處忽地跳出一隻吊睛白額虎，牠猛一撲，李逵手起一刀，正中大蟲頜下，傷了氣管。大蟲痛得連連後退，大吼一聲，死在崖下。李逵殺了母子四虎，收拾好親娘的遺骨拿去庵後掩埋，大哭一場，然後慢慢翻過沂嶺。走不遠，見幾個獵戶在收窩弓弩箭，他們發現一身血污的李逵，問：「你敢獨自過嶺來？莫非你是山神？」李逵只説：「我是過路客人，在嶺上殺了四虎。」眾獵户將信將疑地拿了槍棒上嶺去看，果然見四虎死在那裏。

　　眾獵户歡喜，用繩索將死大蟲綁起抬下嶺，邀李逵去請賞。原來自從沂嶺上出現這窩老虎，幾個月沒人敢行。這時，莊上的大户曹太公聞訊前來，將李逵迎到家中，問：「壯士

貴姓？」李逵不敢説出真名，只稱自己叫張大膽。村裏人聽
説有壯士殺了四虎都來相見，其中也有李鬼的老婆，那婦人
的娘家在此地。她一眼認出李逵，就讓爹娘報告曹太公，説
這黑大漢正是官府追拿的黑旋風李逵，殺李鬼的也是他。

　　曹太公原是個閒吏，也是刁潑的人，他讓眾人向李逵
敬酒，一杯冷，一杯熱，李逵全然忘了宋江的吩咐，開懷暢
飲，一會就被灌得酩酊大醉。曹太公令眾人將李逵放翻在凳
子上，連凳子一起捆綁住，又讓李鬼老婆做原告，寫了狀子
飛也似的報到縣上。

　　沂水縣知縣聽到此事大驚，忙令都頭李雲帶三十多個士
兵去曹太公處將李逵解來問罪。沂水縣是個小地方，只一會，
全縣都在傳：「鬧江州的黑旋風在曹大户家，李都頭已去拿
人。」朱貴正住朱富家，聽到此消息就對朱富説：「我若不
救這黑子，怎麼回去見宋江哥哥！」朱富説：「大哥，這李
都頭與我最好，常常教我些武藝。我們趕緊煮二三十斤肉切
了，放些蒙汗藥拌在裏頭，再帶上酒，到半路上等李雲，將
他們麻醉了就能救出李逵，只是今後我難以在此安身。」

　　朱貴説：「你不如帶上家小，跟我上山入夥！」朱富想
了想，道：「哥哥説得對！」就叫兩個伙計收拾家中細軟，
又讓妻兒上了車子先往梁山泊去。哥倆連夜煮肉、裝酒，又
用藥拌了，帶着空碗果蔬，四更時就坐在僻靜山路等李雲等
人。天明時，眾士兵和李雲押着五花大綁的李逵走來，朱富

上去攔住，遞酒給李雲道：「小弟特來向師父賀喜，請飲了這喜酒。」李雲平時不飲酒，今日推託不掉略喝幾口，朱富又挑了兩塊好肉送來，李雲只得吃了。眾士兵見到酒肉，便一齊上來吃了。

不一會，那些士兵全站不住，口顫腳麻跌倒在地，李雲也軟成一團。朱富朱貴奪過朴刀，把跟來請賞的李鬼老婆和曹太公殺了。李逵大叫一聲，把捆綁的繩索掙斷，奪過刀要砍李雲，朱富忙攔下，道：「不得無禮，他是我師父，為人最好。」李逵還要尋人殺，朱貴喝道：「快走罷！」

三人走了一陣，朱富道：「不好，李都頭無法去見知府了。他醒後，一定會來追，乾脆在此等他，教他一起上山入夥！」於是，朱貴先去接應朱富的家小，朱富和李逵坐在路旁等。果然不出一個時辰，李雲挺着朴刀追來，要拿下李逵，兩人鬥了幾個回合，不分勝負。朱富上前把兩個隔開，對李雲道：「小弟本已去了，恐師父回去無法見知府，特在此等候。你若回去，定吃官司，不如和我們一起上山投靠宋公明。」李雲思忖半晌，說：「如今我有家難奔，幸好沒有家小。好吧，我隨你們去！」

四條好漢帶着朱富的家小上了梁山，李逵拜了宋江，訴說娘被虎吃了，因此殺了四虎，說罷，大哭一遍，眾人聽了也頗為心酸。隨後，為歡迎李雲、朱富，梁山泊大開筵席，慶祝了三日。

拾壹

祝家莊宋江大勝 高唐州柴進受刑

　　江湖上的好漢「拚命三郎」石秀，在蘇州聽説梁山泊晁蓋、宋江二頭領招賢納士，仗義疏財，便同另兩個好漢時遷、楊雄結伴去投靠梁山泊。路經獨龍岡祝家莊，就在那裏歇宿。進店後，只發覺周圍戒備森嚴，問下來，原來這裏離梁山泊不遠，莊主祝朝奉恐怕梁山泊來人搶糧，正做防範。

　　三人住店後，見店內只有一甕酒，全無菜餚，時遷就殺了隻公雞煮來吃。店小二發現報曉雞被殺，大喊起來，祝家莊衝出一二百人，包圍他們，他們奮勇突圍，時遷卻被捉住。石秀、楊雄投奔梁山泊，將在祝家莊的遭遇一一説了。

　　宋江聽了，十分惱火，怪他們沒有入夥就做偷雞的醜事，不肯接納他們，但經眾人勸説，知道這些好漢都是走投

無路的人，而且宋江早聽説祝家莊與梁山泊敵對，又想到不如趁勢打下祝家莊，免除後患。於是，第二日就分撥人馬進軍祝家莊。宋江讓石秀帶人先去莊上打探，左等右等不見回來，又聽説莊裏抓住了奸細，宋江一聽，忙領兵衝進莊救人，沒想到，祝家莊已把吊橋高高拽起，莊裏不見一點燈火。突然，獨龍岡上亮起火把，門樓上弩箭如雨點般射來。宋江知道中了埋伏，領兵突圍，不料，他走到哪兒，紅燈就指到哪兒，只見祝家莊的人全圍過來。這時，石秀趕來，他打探到這紅燈是祝家莊的指揮燈。花榮一箭射滅那紅燈，祝家莊人馬大亂，宋江這才領兵殺出重圍，回到梁山泊，發現損失了不少兵將。

宋江又挑了個白天領兵去攻祝家莊，只見祝家莊莊門緊閉，卻挑出兩面白旗，繡着：填平水泊擒晁蓋，踏破梁山捉宋江。宋江大怒，正在此時，聽得吶喊，只見一隊人馬衝來。為首的是扈家莊的女將扈三娘，外號「一丈青」。扈家莊在祝家莊西面，這兩村有過誓言，有事互相救應，況且那扈三娘已和祝朝奉的三子祝彪定了親。

宋江手下的王矮虎上前迎戰，只見扈三娘騎着青鬃馬，掄兩口日月雙刀。兩個人鬥了十個回合，王矮虎手顫腳麻，槍法亂了，被扈三娘挑離馬鞍活捉去。一丈青又與其他對手周旋了幾個回合，這時，祝家莊人馬殺將出來，亂箭齊飛，宋江見天色已晚，領兵且戰且退。此時，一丈青追上來，直

取宋江，宋江措手不及，只能拍馬就走。一丈青趕過去正待下手，林沖策馬而來，挺着丈八蛇矛迎敵。鬥了幾個回合，林沖故意露個破綻，讓一丈青兩口刀砍來，再用蛇矛頂住雙刀，將一丈青擄來，宋江忙下令鳴金收兵。

宋江見兩次攻打祝家莊不成，而且損失慘重，回到寨裏悶悶不樂。吳用告訴宋江一個好消息，宋江這才轉憂為喜。

原來，前幾日有一羣好漢同來梁山泊入夥，為首的是孫立和解珍、解寶兄弟。孫立和祝朝奉三個兒子的教練欒廷玉是師兄弟，宋江忙設宴款待眾好漢，定下計策，孫立自願滲進祝家莊作為內應。

孫立原是登州的軍官，所以第二日就打着登州兵馬提轄孫立的旗號，領着一行人馬去祝家莊看望欒廷玉。欒廷玉便向祝朝奉的兒子祝彪、祝虎、祝龍打個招呼，放下吊橋請眾人進莊。孫立只說總兵府派他去鄆州把守城池，途經此地，特來替師兄捉拿賊寇。欒廷玉大喜，將眾人引見給祝朝奉和人稱祝氏三傑的祝虎弟兄們。祝朝奉一家雖精明過人，但見孫立是欒廷玉的師兄弟，哪會起疑心，只顧好酒好菜款待眾人。

過了幾日，宋江軍馬又來祝家莊前，孫立和祝氏三兄弟都披掛走到莊門邊，只見林沖高聲叫罵，氣得祝龍喝叫放下吊橋，帶人衝出去與林沖交戰。孫立也衝出去與石秀交戰，只見鬥了五十回合，孫立虛閃一下，活捉石秀。祝家三子收

兵回來拱手向孫立致意，孫立聽説前前後後已捉來宋江手下七個好漢，就説：「先不要殺他們，用七輛囚車裝着他們，等拿下宋江，一起解到東京，讓天下人都知曉祝家莊三傑！」

其實，石秀是故意讓孫立捉的，孫立又叫手下人把莊裏的各個出入點都看好。到了第五日，宋江軍隊又打來，戰鼓齊鳴，祝家三兄弟帶了人馬衝出去。解珍解寶一夥守住監門和前門後門，孫立領了人站在吊橋上。忽然，有人忽哨一聲打出暗號，便有好漢把監門外的守兵砍倒，打開囚車，放出石秀等人；眾人一刀一個，殺掉留在莊內的祝家軍；祝朝奉見勢不妙正要投井，早被石秀一刀打倒，割下首級；解珍解寶便在後門馬草堆點起火。祝虎見莊上起火，掉轉馬頭奔回來。守在吊橋上的孫立攔起吊橋，喝道：「你往哪裏跑？」祝虎剛明白過來，就被人砍倒在地。之後，李逵又掄起雙斧砍下祝龍和祝彪，欒廷玉也在混亂中戰死，祝家莊至此全軍覆沒。

梁山泊好漢打下祝家莊，生擒四五百人，還得到大批糧草、好馬；晁蓋等人聞訊擂鼓吹笛下山迎接，擺了接風酒，為新入夥的孫立、解珍、解寶、扈三娘等十二位頭領擺了座次，飲酒慶賀。

梁山好漢三打祝家莊後不久，鄆城縣都頭雷橫和朱仝也被官軍追逼到梁山泊入夥，梁山泊的聲勢就更大了。

住在滄州城的柴進，有一天忽然收到他的叔叔柴皇城的

信，告訴他，柴皇城在高唐州的房子被一個叫殷天錫的惡霸看中，這個殷天錫是當地州府高廉的小舅子，而高廉就是高俅的堂兄。這殷天錫倚勢凌人，帶人闖入屋裏，還把柴皇城打傷了。

柴進大吃一驚，恰巧李逵住在他家裏，他便帶着李逵，趕到高唐州，見叔叔已經奄奄一息。柴皇城見到柴進，囑咐他去京師告狀，説罷便去世了。李逵要去殺殷天錫，柴進説：「不必動手殺他，我家有護持聖旨，不怕與他打官司。」

柴皇城死了才三天，殷天錫就來佔房子，柴進説等做了斷七就搬，但殷天錫哪肯讓步，一邊漫罵，一邊動手打柴進。李逵看見，大吼一聲，把殷天錫提起，拳頭腳尖一起上將他打死。柴進無奈，只得讓李逵先回梁山，自己留下來善後。

柴進原以為丹書鐵券*能護身，不料，高廉聽説內弟被打死，恨得咬牙切齒，也不聽柴進分辯，令手下人將柴進打得皮開肉綻，柴進只得屈招：指使人打死殷天錫。高廉讓人取死囚枷釘了柴進，又抄了柴皇城的家，監禁起其家人。

梁山泊上很快就得到此消息，晁蓋和宋江聽説柴進性命難保，便急着前去營救。吳用知道高唐州地方不大，但兵強馬壯，就點了八千人馬前去攻城。高廉聽到軍卒報告，冷

*丹書鐵券：古代皇帝頒賜給功臣的免罪憑券，可以代代相傳。

祝家莊宋江大勝　高唐州柴進受刑

笑道：「這幫賊寇送上門來，省得我前去圍剿，真是天賜良機。」於是排好陣勢，將三百個精壯的「飛天神兵」列在中軍，搖旗吶喊，擂鼓鳴金。

　　林沖先騎馬上陣，與敵軍頭領戰了五個回合，就一蛇矛將對手刺倒。緊接着梁山泊頭領秦明，又把另一個敵對頭領削去半個天靈蓋。高廉大怒，掣出一口太阿寶劍，口中唸唸有詞，喝一聲「疾！」只見高廉陣中捲出黑氣，散至半空，突然天搖地動，怪風捲着飛沙走石朝梁山泊眾軍士打來，眾人連眼前物也無法看清。這時高廉那三百神兵殺將出來，梁山泊一下子折損一千多兵馬，只好敗下陣來。

祝家莊宋江大勝　高唐州柴進受刑 ◆

拾貳

李逵強請公孫勝
清道人大破妖法

　　由於高廉屢用妖法，宋江損失不少兵馬，又怕時間拖久了，別處的官兵前來增援高廉，就令戴宗去薊州一帶尋隱居修道的公孫勝來降妖法。李逵聽見了，自告奮勇要與戴宗同去。

　　兩個人喬裝打扮，暗藏着武器，走了一陣，戴宗便作神行法，把四個甲馬*縛在李逵腳上，口中唸唸有詞，李逵只覺騰雲駕霧，耳邊只聽見呼呼的風聲。

　　他們很快就到達薊州城，找遍整個薊州城也不見公孫勝的影子，幸好在一家素麵店遇上一位老人，那老人告訴

*甲馬：一種畫有神佛像的紙。

他們，公孫勝如今已喚作清道人，正在四十里外的二仙山修道。

戴宗、李逵大喜，取道往二仙山去。到了山下，問一個樵夫：「清道人家在何處？」樵夫指點給他們看。兩人徑直走到清道人家門口，正好有個老婆婆從裏面出來。戴宗忙上前行禮，説：「清道人在家嗎？」老婆婆問：「你貴姓？」戴宗忙報上姓名，不料老婆婆聽後説：「我兒子外出雲游，有什麼話你對我説吧。」戴宗只好告辭。

李逵哪肯罷休，因為他們早向周圍人打聽到，公孫勝近來正在家中煉丹。於是，李逵佩着雙斧闖進清道人家，老婆婆見他那副兇樣子，怕得很，説：「他真的不在！」李逵拔出大斧，砍倒一堵牆壁，並説道：「你不叫你兒子出來，我就殺了你！我是黑旋風！」這時公孫勝急忙奔來，叫道：「住手！」李逵丟了大斧，行個大禮，説：「兄長別怪我，不這樣做，你絕不會出來的。」

公孫勝將二人請到屋內坐定，聽完他們的來意，公孫勝説：「我何嘗不想為梁山泊出力呢？只是這兒有老娘要照顧，另外，我的師父羅真人也不會答應。」戴宗一聽，急得跪倒在地，説：「若是你不肯前去相助，宋江和山寨就都完了。」公孫勝扶起戴宗，答應去稟問羅真人，若羅真人同意，便跟戴宗和李逵一同去高唐州。

公孫勝當下就帶着二人去山上找羅真人，羅真人聽明來

意，卻令公孫勝一心在此修煉，三人只好掃興下山。公孫勝說第二天再來懇求師父。

當夜，李逵急得難以入睡，暗想，不如殺了那羅真人，讓公孫勝死了心，跟我們一同走。李逵摸了板斧，偷偷上山去，到羅真人誦經處，只見那人正獨自坐着唸經，李逵一步搶進去，往羅真人腦門上劈去，將他一劈為二。他正奔出來下山，只見有個童子追過來，說：「你殺了了我師父，休想跑！」李逵一不做，二不休，將那童子也砍了。隨後，飛奔下山，溜進公孫勝家關上門，見戴宗正在熟睡，也假裝什麼事也沒發生，睡下來打起呼嚕。

待到天明，公孫勝又帶戴宗李逵上山找羅真人，李逵暗笑。上山後，卻見羅真人端坐在那兒唸經，李逵一驚，暗想：莫非我昨晚殺錯了人？

只聽羅真人指着李逵說：「這個黑大漢是誰？」羅真人話音剛落，戴宗忙說：「他叫李逵。」羅真人笑道：「我本不想讓公孫勝去，現在看在李逵面上，就答應他去一趟罷。」李逵聽了好生奇怪。

羅真人喚童子取三塊手帕來，說：「我讓你們三個立即就到達高唐州。」他領大家走到門外岩石邊，先取一塊紅手帕鋪在石上，讓公孫勝踏上去，只見羅真人喝一聲：「起。」那手帕就化作一片紅雲，載着公孫勝冉冉騰起。羅真人又鋪了塊青手帕，讓戴宗踏上去，喝一聲：「起。」手帕化成一

片青雲，載着戴宗升到半空，兩片雲就在半空中轉。

羅真人又將白手帕放下，讓李逵踏上去，喝一聲：「起！」手帕化成白雲，把李逵帶到半空。羅真人將右手一拂，紅雲和青雲載着公勝孫和戴宗穩穩地落到地上，卻讓李逵停在半空。李逵大叫，羅真人說：「我和你無冤無仇，你為何要半夜來殺我，還殺了我一個道童？」

李逵大叫，說：「你認錯人了！」

羅真人豈會聽他胡說，又說：「你砍的只是我的兩隻葫蘆，但你居心不良，該吃些苦頭！」說罷，喝一聲：「去！」一陣惡風，把李逵吹得暈頭轉向。也不知走了多遠，忽聽一聲響，李逵從半空落下，正好從薊州府衙的屋頂上落下來。

此時，正巧府尹坐在公堂，見半空落下個黑大漢，只當是妖人，下令手下人先將他打個半死，再捆上用狗血和糞水澆他。李逵大叫：「我不是妖人！」可是誰會信他？府尹下令將他關押在死牢中。

再說，戴宗在那頭苦苦哀求羅真人救李逵，羅真人推卻不了，只得答應過些日子將李逵救出。五天後，羅真人令黃巾力士將李逵從死牢中救出。李逵見了羅真人後連連磕頭，道：「下次再也不敢了。」

公孫勝將老母託付給羅真人，與戴宗、李逵一同回到高唐州。

宋江、吳用等出寨迎接公孫勝，當夜就大擺接風酒。第

二日，宋江、吳用找公孫勝商議敗高廉之計，公孫勝說：「我自有安排，你們就下令讓軍馬直抵高唐州城下。」

宋江立刻下令，當夜就將軍馬駐在高唐城下。

再說這高廉見宋江率部下殺至城下，便惡氣難忍，翌日清早就披掛整齊，率兵卒出城迎戰。兩軍各出一將廝殺，幾個回合後，宋江的手下獲勝，一箭將對手射下馬來。

高廉大怒，取來一面聚獸銅牌敲了幾下，只見神兵隊裏捲出黃砂，霎時天昏地黑，豺狼虎豹怪獸都從黃砂堆裏冒出來。宋江的軍隊剛要大亂，公孫勝早拿出一把古劍，喝一聲：「疾！」只見金光射出，那些虎豹豺狼都墜在陣前，原來只是些白紙剪的虎豹走獸。宋江見狀，忙令三軍殺將過去，高廉的軍兵大敗，忙退回城中。

第二日，宋江又領兵攻城。公孫勝說：「晚間那高廉必會帶兵來劫寨。」於是，布置手下虛紮營寨，四面埋伏。

果然，高廉帶着神兵前來劫寨，到了寨前，高廉又作起妖法，只見狂風大作，飛砂走石，神兵們取了火種，點着裝有煙火藥料的葫蘆，只見火花罩身，一路滾向寨中。不料，公孫勝取出古劍作法，只見那空寨火光騰起，四面又殺出伏兵。那三百神兵被殺得片甲不留，那公孫勝喝聲：「疾！」高廉也從雲中倒撞下來，雷橫搶過去，一朴刀將他砍成兩段。

宋江忙一邊下令收軍進城尋找柴進，一邊出榜安民，嚴

令軍隊不可冒犯百姓。他們趕到大牢，發現裏面有三五十個囚犯，大家趕緊將囚犯全放了，卻不見柴進，又在一處找到柴皇城一家，忙又盡數釋放，卻還是不見柴進。吳用忙找到押獄牢子來追問，有個牢頭將眾人領到牢後的枯井邊。原來高廉吩咐這個牢頭，一旦情勢不妙就先殺了柴進，牢頭見連日厮殺，情況不好，又不忍殺了柴進這樣的好漢，就將他藏在枯井內。

眾人在上面叫，下面卻沒有人應，宋江見凶多吉少，不禁垂淚。李逵自告奮勇乘一個籮筐吊下井，摸到一個團成一團的人，救上來一看，正是柴進，只見他頭破額裂，皮肉都被打爛，人已昏迷，宋江忙請大夫救治，送回梁山。

梁山泊士兵將高廉的家私*和州衙的財帛帶着，凱旋回梁山泊去了。

*家私：即家產。

拾叁

降呼延灼捉史文恭
梁山泊英雄共聚義

　　在東京的高俅聽說梁山兵馬殺死他的堂兄高廉，連忙奏稟皇上要剿捕殺絕梁山賊。徽宗隨即降下聖旨，讓高俅選將前去剿捕。高俅選中河東名將呼延贊的子孫呼延灼，此人使兩條鋼鞭，綽號「雙鞭呼延灼」，勇猛無比。呼延灼出征前，徽宗賜馬一匹，那馬渾身漆黑，四蹄雪白，能日行千里，名為「踢雪烏騅」。

　　於是，呼延灼帶着將領韓滔、彭玘，領兵八千人分三路往梁山泊殺來。梁山眾頭領聞報，引兵馬下山，在平山曠野上擺出迎敵陣勢。

　　次日天曉，兩軍對峙，呼延灼騎着踢雪烏騅，使兩條水磨八棱鋼鞭迎戰林沖，兩人鬥了五十回合，不分上下。扈三

娘英姿颯爽迎戰彭玘，鬥了二十多個回合，扈三娘取出套索，那套索上有二十四個金鈎，只見她將套索往空中一撒，彭玘措手不及，被拖下馬生擒了去。宋江趁勢領兵全面掩殺過去，哪知一下被呼延灼殺退。原來呼延灼率領的三千軍馬都是馬帶馬甲，只露四隻馬蹄，人披鐵鎧，只露出一對眼睛，而且這些連環馬軍各有弓箭，齊發過來，而宋江兵將射去的箭卻全被鎧甲擋住，宋江只好鳴金收兵。

　　第三日天曉，呼延灼又教三千軍馬做一排，每三十匹一連，朝宋江陣裏衝去。只見連環馬軍三面出擊，兩面弓箭亂射，中間盡是長槍。宋江軍隊大敗，只得退兵回寨柵。

　　智多星吳用生出一計，使人將炮手凌振請到梁山。凌振同意入夥，為梁山泊造炮。同時，又把善用鈎鐮槍的徐寧請到梁山泊，專門教授官兵使用鈎鐮槍來破連環馬。

　　大計制定後，宋江讓鈎鐮槍槍手埋伏在蘆葦叢中，命凌振豎起炮架準備炮轟呼延灼，隨後分撥十隊步兵渡過岸去列好陣勢，自己則領兵隔岸搖旗吶喊。

　　呼延灼聞報忙披掛，騎着寶馬迎戰，只見東南、西南、正南有三隊兵馬打着梁山泊旗號衝來，呼延灼剛想讓韓滔引軍衝去，卻見北邊擁起三隊人馬，西邊出來四隊人馬，緊接着又聽一聲炮響。此時，呼延灼的部下都亂了起來，呼延灼大怒，命韓滔往南攻，自己領着連環馬往北衝來。宋江軍隊忙退進蘆葦，呼延灼驅着馬軍追去，進入蘆葦蕩。

忽然，忽哨響起，徐寧指揮鈎鐮槍手將兩旁的馬腳全鈎倒，中間的馬匹咆哮亂竄，連環馬軍頓時一敗塗地。呼延灼知是中計，勒馬退回找韓滔會合，只見背後有炮打來，漫山遍野都是扛着梁山泊旗號的步兵。那連環甲馬都在蘆葦叢中掙扎，一一被捉盡。呼延灼只得舉起雙鞭，殺開一條路往東北去了。

宋江得了大批人馬，又勸説彭玘、韓滔入了夥，接連擺慶功筵席。

再説呼延灼打了敗仗不敢回京，獨自騎着踢雪烏騅去投奔青州慕容知府，只想有一日報仇雪恨，領兵捲土重來。途中在一個酒店借宿，不料，那踢雪烏騅被附近桃花寨的強人偷去。第三日，呼延灼去參拜慕容知府，將那番前後經歷説了一通。慕容知府道：「這裏的桃花山、二龍山、白虎山都有賊寇，我撥兵讓你剿滅這三處的賊人，奪回御馬，隨後再集中兵力去打梁山泊。」呼延灼聽後大喜，領兵去打桃花山，捉了孔明叔侄二人。

宋江聞訊，聽説桃花山、二龍山、白虎山的兄弟們告急，立刻帶兵前來攻打青州。到了城下，與三山的頭目聚合，吳用又獻一計，眾頭領聽後直叫好。

第二日，呼延灼見北門外有三個人探城，細細一看，這三個道服打扮的人竟是宋江、吳用和花榮。呼延灼忙悄悄打開北門，放下吊橋出城要活捉宋江。那三人見到呼延

灼，勒轉馬頭便往回走，呼延灼飛快追去。突然，那三人站住不動，呼延灼正疑惑，他的馬已踏中陷阱，人和馬全跌進去。他的兵馬想救，卻讓花榮打退，兩邊伏軍湧來將他綁上押至寨中。

宋江回寨，忙喝叫解開呼延灼繩索，親自扶他上帳坐下，力勸他入夥梁山泊，等待朝廷招安。呼延灼原以為必死無疑，只見宋江態度恭敬，言之有理，又見韓滔、彭玘也已入夥，歎了一口氣，跪下道：「兄長義氣過人，不容我不依。」

宋江大喜，向李忠討那踢雪烏騅送還呼延灼，又與呼延灼商議回青州救出孔明叔侄的事，呼延灼答應效力。當晚，花榮、解珍等十位頭領都扮作軍士模樣，跟着呼延灼來到青州城下。來到壕塹上，呼延灼大呼：「快開城門，我逃回來了！」慕容知府正為呼延灼被擒煩悶，聽他逃回來了，大喜，又見呼延灼身後跟着十來個人，天黑看不清臉，就問：「將軍怎麼逃回來的？」呼延灼道：「那寨裏有幾個我的舊部，盜了馬跟我一起逃出來。」慕容知府叫人打開城門，放下吊橋，十個頭領上前，秦明一棍將慕容知府打倒，其餘幾個忙殺了守軍，宋江大軍湧入，救出孔明叔侄，散糧救濟百姓，又得了二百多匹好馬和府庫的金帛。

青州告捷後，三山頭領和新近投奔二龍山的孫二娘、張青、施恩率眾一齊入夥梁山泊，山上大擺慶賀筵席。

一日，有個叫段景的好漢上山入夥，他告訴宋江，他曾盜來一匹馬，那馬雪白無一根雜毛，長一丈高八尺，能日行千里，叫做「照夜玉獅子」。他原想將此馬作見面禮送給山寨作進見禮，不料路經凌州西南曾頭市，讓「曾家五虎」搶了去，現在成了曾家五個兒子的教練史文恭的坐騎。那曾頭市發誓要與梁山泊做對頭，史文恭教那裏的小孩唱道：「掃蕩梁山清水泊，剿除晁蓋宋公明。」晁蓋聽罷大怒，發誓親自去打曾頭市，宋江勸阻不成，只得留守山寨。

晁蓋領着五千人馬在曾頭市前列成陣勢，擂鼓吶喊。曾家五子曾涂、曾密、曾魁、曾升、曾索和教練史文恭等出來迎戰，只見史文恭彎弓插箭，騎着照夜玉獅子。雙方對陣掩殺，當日各損了些兵馬。

一日，忽然有兩個和尚來到晁蓋寨上，拜見晁蓋，説道：「我們是曾頭市東邊法華寺的僧人，常受曾家五虎欺凌，現決定帶頭領去劫寨，將曾家五虎剿滅。」晁蓋大喜，忙請和尚坐下。林沖諫道：「會不會其中有詐？」晁蓋卻毫不生疑，當晚帶兵跟着和尚去劫寨，走了一程，不見兩個和尚，卻見四下裏火把通明，伏兵喊聲震天。晁蓋等人忙突圍而去，不料亂箭射來，有一箭正中晁蓋臉上，將他打下馬，眾將領忙救起晁蓋殺出血路突圍回寨。到了寨中拔出箭，只見那是枝毒箭，上面刻着「史文恭」三字。晁蓋此時已中毒昏迷不醒，眾人忙將晁蓋送回梁山泊。

晁蓋那時已水米不能入口，渾身虛腫。宋江守在邊上親自敷貼藥餌，當夜三更時分，晁蓋轉頭吩咐宋江道：「賢弟捉來那射殺我的，我死也瞑目了。你立為寨主後要多保重。」說完就斷了氣。宋江大哭，眾頭領請宋江主持大事，立為寨主，宋江推脫不得，就坐了第一把椅子，將聚義廳改名為忠義廳。

宋江本想立即攻打曾頭市為晁蓋復仇，吳用勸道：「正在居喪期間，最好不要去攻打，百日之後再興兵復仇也來得及。」宋江答應了。

不久，梁山泊頭領和士兵為救出大名府英雄人物盧俊義，與官兵對抗，圍打大名府。大名府知府梁中書忙向丈人蔡京太師求救，蔡京即派關雲長的後代關勝領一萬五千大軍征討梁山，為大名府解圍。宋江見關勝也是個義勇之將，就用計捉住關勝。關勝見有國難投，有家難奔，只得入夥梁山。隨後，眾人又趁元宵節大名府賞燈的機會打進城內，梁中書倉促逃出城去才保住性命。

梁山人馬立即去大牢救出盧俊義，隨後回梁山泊慶賀。

不久，梁山泊的段景等人外出買馬，歸途上又被曾頭市的人將馬搶了去。宋江大怒，決定新賬舊賬一齊算清，他令戴宗先去探明情況，隨後兵分五路前去攻打曾頭市，盧俊義自告奮勇前去參戰。

曾頭市頭領曾長官得知梁山兵馬打來，就請史文恭等商議計策。史文恭就出了一計，讓手下人在村裏挖了許多陷

阱，只待梁山人馬攻寨時全軍覆滅。可吳用已派時遷暗暗進村將一切打聽清楚，並且將計就計，搶先用火燒了曾頭市的南寨門。曾家長子曾塗衝出寨大殺大砍，花榮一箭將他射下馬來；曾家第五子曾升帶兩口飛刀，不顧史文恭阻攔，飛奔出寨，將李逵射傷，然後飛奔回寨。

當晚，史文恭領着曾家弟兄和士兵來宋江大營劫寨，衝進軍帳內，不料那是座空寨，梁山兵馬早就設下埋伏。史文恭帶頭突圍，混戰中曾索被解珍一鋼叉戳死。

曾長官連失二子，史文恭也出師不利，只得寫信求和。宋江見信後一把撕了，罵道：「殺了我兄長的人我不會放過的！」吳用忙勸道：「兄長不要為了心中有氣而失了大義！」隨即寫了一信，上面寫着：「若要講和，必須將兩次奪去的馬還來，並交出奪馬賊郁保四，另外交出金帛犒勞梁山士兵。」

曾長官得信後不敢耽誤，將馬匹、郁保四以及金帛送至梁山寨中。宋江來看，只缺那匹千里馬，就要他們立刻將那「照夜玉獅子」馬送來，史文恭哪裏肯？只說待梁山兵馬退回時再交千里馬。正在此時，聽說青州、凌州有兩路官兵要前來援救曾頭市。宋江料知曾頭市史文恭等一旦知道來了援兵，一定無心講和，就一面派兵去截打援兵，一面把偷馬賊郁保四叫來，許諾他只要肯向史文恭帶信，日後讓他做個頭領。

郁保四拜謝過宋江，假裝私逃出寨，奔回曾頭市對史文恭說：「宋江並不想講和，只想騙得那匹千里馬，如今宋江

兵馬很心慌，因為青州、凌州救兵要到了。」

史文恭一聽，果然動了殺機，忙與曾長官密謀。當晚，史文恭等人領兵又來攻打宋江營寨，哪知宋江早安排好伏兵在那兒靜等。史文恭仗着千里馬跑得快逃了出去，其餘人馬落進陷阱，死傷不知其數，曾密、曾魁也都被亂箭射死。

史文恭落荒逃去，行了二十里，樹林背後轉出梁山兵馬，只見盧俊義上前一朴刀砍中史文恭大腿，將他打下馬用繩索綁了，解回曾頭市，又將那匹千里馬牽回來送交宋江。

梁山兵馬破了曾頭市，斬了曾長官一家，然後押着史文恭上梁山，將史文恭殺了祭奠晁蓋。宋江執意要讓為晁蓋復仇、生擒史文恭的盧俊義做寨主，盧俊義哪裏肯接受！

不久，梁山兵馬又打下了東平府和東昌府，把兩府的錢糧運回梁山泊，又對俘來的敵對頭領一一勸降。宋江歡喜，忙叫擺筵席慶賀，眾頭領就在忠義堂內依次坐定，宋江一數，正好一百零八將，於是令人在忠義堂前立一塊石碣，前面刻下宋江、盧俊義、吳用、公孫勝、關勝、林沖等三十六位英雄的姓名，背面寫着朱武、黃信、孫立等七十二員好漢的姓名。又在忠義堂上立一面牌額，斷金亭中也換上大字匾額，另外，在忠義堂後設正廳供奉晁天王晁蓋靈位。

宋江帶領眾人對天盟誓：願共存忠義之心，替天行道，保境安民。從此，一百零八名好漢在梁山泊聚義，劫富濟貧，除暴安良，成為所向無敵的隊伍。

語文實力大挑戰

金睛火眼辨一辨

在正確的答案前打「✓」。

1. 梁山泊一百零八將中第一個出場的人物是誰？
   ☐ 宋江　　　☐ 史進　　　☐ 魯達

2. 「大鬧野豬林」中不包括下列哪個人物？
   ☐ 武松　　　☐ 魯智深　　☐ 林沖

3. 「智取生辰綱」的領導者是誰？
   ☐ 晁蓋　　　☐ 楊志　　　☐ 吳用

4. 《水滸傳》中容貌美艷卻心狠手辣的婦人是誰？
   ☐ 孫二娘　　☐ 潘金蓮　　　☐ 閻婆惜

5. 哪位好漢生擒史文恭，為晁蓋報了仇？
   ☐ 宋江　　　☐ 林沖　　　☐ 盧俊義

◆

語文實力大挑戰

◆

重點追蹤填一填

把正確的答案填在（ ）裏吧！

1.《水滸傳》的作者是（　　　　　），該書描寫了北宋徽宗時，以（　　　　　）為首的 108 名好漢在（　　　　　）聚義、打家劫舍、殺富濟貧的故事。

2.《水滸傳》裏號稱黑旋風的是（　　　　　），他所使用的武器是（　　　　　），他力大如牛，但險些被冒充他的（　　　　　）所害。

3. 綽號豹子頭的林沖，原為東京八十萬禁軍教頭，後來被（　　　　　）設計誤入白虎節堂，刺配（　　　　　），被逼雪夜上梁山。

4. 魯智深原名魯達，綽號（　　　　　），他在渭州三拳打死鎮關西，在相國寺倒拔（　　　　　），在野豬林救出（　　　　　）。

5. 梁山泊兩員女將的名字及綽號分別是：
   （1）「一丈青」（　　　　　）；
   （2）「母夜叉」（　　　　　）。

對號入座連一連

將下列所述事件與其對應的人物連起來吧！

大鬧五台山　●

　　　　　　　　　　●

魯智深

誤入白虎堂　●

風雪山神廟　●

　　　　　　　　　　●
宋江

大鬧野豬林　●

醉打蔣門神　●

　　　　　　　　　　●
武松

怒殺閻婆惜　●

潯陽樓題反詩　●

　　　　　　　　　　●
林沖

血濺鴛鴦樓　●

四字成語填一填

以下幾個四字成語都源自《水滸傳》一書，請將它們填進合適的句子吧！

> 七上八下　非同小可　不三不四　逼上梁山

1. 當草料場起火燃燒時，林沖聽到高俅的心腹們得意地談論暗害自己的計謀，他再也按捺不住心頭的怒火，將仇人一個個殺掉。以後，林沖毅然上了梁山，加入梁山好漢的隊伍，這正是 ＿＿＿＿＿＿＿＿＿ 。

2. 魯智深來到糞池邊，見那幾個無賴倒在地上不肯起來，心裏疑忌道：「這夥人 ＿＿＿＿＿＿＿＿＿ ，又不肯近前來，莫不是耍我？我且走向前去，讓他們看看我的厲害。」

3. 武松大踏步趕出來，正好在大路上撞見蔣門神。武松先把拳頭虛晃一晃，轉身先飛起左腳，踢中後，便轉過身來，再飛起右腳。這一招，有名喚作玉環步、鴛鴦腳。這是武松平生的真才實學，＿＿＿＿＿＿＿＿＿ ，打得蔣門神在地下直求饒。

4. 武松請了街坊士兵來吃酒，可士兵們心裏都是十五個吊桶打水，＿＿＿＿＿＿＿＿＿ ，前後只吃了七杯酒而已，眾人卻似吃了一千個筵宴那麼長時間。

閱讀順序排一排

在《水滸傳》中有許多膾炙人口的故事，以下是書中有關「武松打虎」的經典故事，只是句子不小心弄亂了，請你幫忙組合起來吧！

① 武松提着哨棒，大踏步，自過景陽岡來。

② 走不到半里多路，見一個敗落的山神廟。行到廟前，見這廟門上貼着一張印信榜文。

③ 約行了四五里路，來到岡子下，見一大樹，刮去了皮露出一片白，上寫兩行字：近因景陽岡大蟲傷人，過往客商可於巳、午、未三個時辰結伴過岡……

④ 武松讀了印信榜文，方知確實有虎；欲待轉身再回酒店，卻又怕遭人笑話，只好繼續前行。

⑤ 武松走了一會，酒力發作，焦熱起來，一隻手提哨棒，一隻手把胸膛前袒開，踉踉蹌蹌，直奔樹林來；見一塊光撻撻大青石，把那哨棒倚在一邊，放翻身體，正待要睡，背後卻跳出一隻吊睛白額大蟲來。

⑥ 武松看了笑道：「這是酒家詭詐，驚嚇那等客人，便去那廝家裏歇宿。我卻怕什麼！」橫拖着哨棒，便上岡子來。

角色迷宮走一走

請在下面迷宮中，通過判斷各人的性格，選出正確的路線，便可順利走出迷宮，試試看吧！

精彩情節大比拼

仿照例子，把你認為精彩的情節用自己的話寫下來吧！

1. 花和尚倒拔垂楊柳

   魯智深到大相國寺裏看菜園子時，制服了常來偷菜的無賴。一日，無賴們買些酒菜向魯智深賠禮。大家正吃得高興，卻聽到門外大樹上的烏鴉叫個不停，無賴們說這叫聲不吉利，便欲搬梯子拆掉鳥巢。魯智深上前把那棵樹上下打量了一番，只見他用左手向下摟住樹幹，右手把住樹的上半截，腰往上一挺，那棵樹竟然被連根拔起。眾無賴驚得個個目瞪口呆，忙跪在地上拜魯智深為師。

2. _____

   _____

   _____

   _____

   _____

   _____

   _____

語文實力大挑戰

3. _____

答案

金睛火眼辨一辨

1. 史進　　2. 武松　　3. 晁蓋　　4. 潘金蓮　　5. 盧俊義

重點追蹤填一填

1. 施耐庵　宋江　梁山泊
2. 李逵　雙板斧　李鬼
3. 高俅　滄州
4. 花和尚　垂楊柳　林沖
5. 扈三娘　孫二娘

對號入座連一連

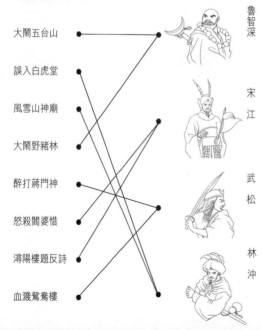

大鬧五台山

誤入白虎堂

風雪山神廟

大鬧野豬林

醉打蔣門神

怒殺閻婆惜

潯陽樓題反詩

血濺鴛鴦樓

魯智深

宋江

武松

林沖

四字成語填一填

1. 逼上梁山　　2. 不三不四　　3. 非同小可　　4. 七上八下

閱讀順序排一排

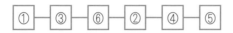

角色迷宮走一走

精彩情節大比拼

略